李骥——著

认错

歌者李骥和他的独特人生

東方出版中心

图书在版编目(CIP)数据

认错：歌者李骥和他的独特人生 / 李骥著. —上海：东方出版中心，2018.8
ISBN 978-7-5473-1325-1

Ⅰ.①认… Ⅱ.①李… Ⅲ.①随笔—作品集—中国—当代 Ⅳ.①I267.1

中国版本图书馆CIP数据核字（2018）第157425号

认错

出版发行：东方出版中心
地　　址：上海市仙霞路345号
电　　话：（021）62417400
邮政编码：200336
经　　销：全国新华书店
印　　刷：杭州日报报业集团盛元印务有限公司
开　　本：890 mm × 1240 mm　1/32
字　　数：115千字
印　　张：6.25
版　　次：2018年8月第1版第1次印刷
ISBN　978-7-5473-1325-1
定　　价：35.00元

推荐序一

真诚的说书人：李骥说故事、写书也唱给我们听

这是一个时代的记录，有汗也有泪。

三十年的恩怨，要在几百页的文字中道尽实在不容易，更何况要用音符来重现当年的感受与情绪。我羡慕李骥有此能力与勇气！在三十年后，借由一首首的歌与故事来跟自己对话，是抒情也是抒怀与抒志！

这当然也是我与李骥三十年来的恩怨：在认识、共事、合作中，我一定得罪过他，有心的或是无意的，不管我承不承认！年轻的我，对于“成功”这个目标是相当坚定的，目标锁定后，人的视角也就狭隘了。为达到成功，排除万难！也轻率地将不利于自己成功的因素简化为“困难”两个字，有了达到成功的正当性，合理化自己排除万难的行径……那副嘴脸，自己看了都讨厌。就

这么巧，李骥新作的名字是“认错”，我也该好好认错！

李骥一直在“成为一个人”的道路中思索、摸索与探索，“教育”与“教化”似乎是他的职志，而说、唱、写是浮现其外的沟通手法。传播与出版，旨在扩大影响力！为了更好，每次做好！这个好的涟漪，带着声波和心波，可以无远弗届地阵阵迎来，耳濡目染中，人是舒坦的！

很高兴为这本“故事有声书”作序，毕竟我和李骥在生命的旅程中曾经同行一段，也曾登顶眺望风景，也曾各自踩在生命的泥淖、坑洞里。回首一看，我们都在起伏中体验人生。

每个人都可以是说故事的人，每个人都应该有一首生命之歌，希望李骥的抛砖，也激发了你“做自己”“写故事”“谱写生命乐章”的感动、冲动与行动！

写给自己看的序。

李岳奇

（作者系“优客李林”前经纪人，

华威利群国际有限公司创办人、首席顾问）

推荐序二

回味青春，回忆“优客李林”

这本书让我瞬间回到年少时和音乐链接的青春岁月！

从共组乐团、参加各项比赛到“优客李林”组合的诞生，往事历历在目，一转眼竟然已近30年了，不由得令人感叹时光飞逝。然而好歌从来不会因为岁月而褪色。当年我们在“优客李林”时期共同打造了不少脍炙人口的歌曲，其中有许多是李骥的词曲作品，如今透过李骥的叙述让我们能深入了解这些好歌的创作故事，也更了解他的创作人生与成长历程。

林志炫

（作者系台湾著名歌手、音乐制作人）

自序

前阵子受邀在台湾“清华大学”图书馆演讲，结束之后暂时在宏旺馆中庭逗留，那是一个融合科技与人文的后现代建筑，挑高透天的中庭纵横错置着两根横梁，上面书写着斗大的文字。我好奇地抬头望向较低梁上的文字，书写的是郑愁予老师的诗作《水巷》:“……我原是爱听罄声与铎声的，今却为你戚戚于小院的阴晴……”正想赞叹诗人浪漫的感触能如此精准地捕捉情感的流动时，我的眼光向上又瞅见稍高一些的梁上录着郑愁予老师另一首诗作《偈》:“……不再流浪了，我不愿做空间的歌者，宁愿是时间的石人，然而我又是宇宙的游子……”

“嗖”的一下，我穿越时空，回到十四岁的年少青春，在本该入睡的深夜窝缩在窗檐下偷听着收音机播放的流行歌曲。那时候台湾的校园民歌正在风靡，好多大学生拿着吉他替诗人的作品谱曲，于是，那一刻我头一回从王海玲的歌声中听见郑愁予老师的《偈》，少不更事的我当时就泪流满面，还没有机会经历感情的风霜雪雨，也没有太多生命起伏的惆怅失落，我却为歌词中讲述生命轮回不得自在而伤感，觉得人看似拥有手足身躯，却依然在生命的洪流中随遇漂泊，错失了开始，也看不见尽头。然后“流浪”两字如种子般在那个强说愁的夜里伴随着郑愁予的新诗埋进了心识田中，慢慢被自己遗忘。直到将近三十年后，偶有机会再接受媒体访问，记者请我用几个字描述自己的性格特征，我毫不犹豫地写下“流浪基因”四个字，当时我真以为这是自己独特生命经验的创想，绝无抄袭的可能，没想到年过半百，在这样偶然的机会重新看见郑愁予老师的作品，才明白生命本身就是记忆的综合，当下是所有过去经验的外显，人生不缺少记忆，缺的是连结因果关系的智慧；生命更像是复写，重复地刻画穿越时空的习性。

慢慢地穿越回到大学校园，除了原来的我还站在原来的时空等待之外，陪我从记忆中回来的是再也忘不掉的旋律，就是那首按下暂停键三十几年的王海玲演绎的民歌《偈》……

我猜，我并没有成功地将我心里的主旋律放进你的心里，恐怕不是所有人都听过这首在台湾流行过的民歌《偈》。如果大学图书馆的横梁上刻的不是郑愁予老师的诗作，而是读者耳熟能详的《上学歌》:“太阳当空照，花儿对我笑，太阳说好宝宝，你为什么背上小书包……”，估计多数人都能找到耳畔响亮的旋律和嘴角的一抹轻笑。《上学歌》和《偈》能被记录在这篇文字中以及我们的心里，并不是它们原本就存在的，比如郑愁予老师在创作这首诗作的当时，非常可能有个艺术家自身的意象，然而这首诗作承载了多少最原始的意象，经过民歌手谱曲演唱，在那个夜里通过收音机流进我的耳朵，化成泪滴淌上我的脸颊，估计我所听懂的《偈》相对于诗人而言已经是模糊不清了。然而几十年走来，这首诗对我生命抉择产生的潜移默化的影响却又真实存在，我对这首诗诠释的意义在自己生命的旅程中远大于它的原创意象，或者说属于李骥的《偈》已经有别于原始创作。这样很好，让我稍稍安心，不论你是否听过《偈》，只要我们都能找到心里属于自己生命的旋律，都能让我继续这场从认错到醒觉的生命之旅。

毫无疑问，人是情感的动物，我自己生命中有很长的时间在实证这句话，而记录的手段则是通过音符。音乐有高低起伏和快慢节奏，绝妙地对应了生命的历程，一段带着情绪的旋律又能精准地嵌入生命的记忆，就像那首民歌《偈》，哪怕只是歌词片段的剪辑，都刹那点亮回忆的全过程。我猜想每个人的生命故事都曾经伴随着音乐的旋律，当那些音符重唱着过往的记忆时，不论多么理性的思维，都会在时空交错中迷失当下。当然，这种因为一首歌就在时间线上迷路的能力不是每个人都具备的，我算是其中的佼佼者，我总是把一首老歌反复播放到自己沉睡，在恍惚中重访昔日。大概还是我幼儿园或刚升小学的年龄，家里添购了一台能播放唱片和电台节目的音响。当年这样的设备是奢侈品，这台体积庞大的新玩意儿被制作成一个五斗柜一般，下层是扬声器，上层一侧是收音机，另一侧是黑胶唱片播放台，一个上盖打开之后，能将唱片放在转盘上播放。这个音响当然不是我们小孩子的玩具，然而爸爸妈妈也因为工作忙碌很少使用，终究成为当年还在高中准备考大学的小阿姨的专属，每逢周末小阿姨就带着她刚买的“学生之音”黑胶唱片来家里播放。尽管是小阿姨放她买的唱片，音乐还是平等地充满房间，算得上是我生命中第一堂音乐课。后来爸爸觉得这么贵的音响都买回家了，当然该考虑买一些适合孩子们的唱片，于是在那一年年底，爸爸送给我一张由某少年合唱团录制的唱片，其中一首《妈妈的眼睛》歌词和旋律我至今依然熟悉：

美丽的美丽的天空里
出来了光亮的小星星
好像是我妈妈慈爱的眼睛
妈妈的眼睛我最喜爱
常常希望我做个好小孩
妈妈的眼睛我最喜爱

我还会唱这首儿歌的！等到这本书出版了，我会把这首歌录好放在网上一隅。

每一次想起这首歌，当年板桥五福新村旧居的客厅摆设就在我脑海中浮现。黑色的唱机播放着音乐，我们在客厅安静地聆听，好像时间从不曾离开过。

很快的，这张唱片被小阿姨每周一张海量的“学生之音”唱片给淹没，很少在唱机中播放，孩子们也走出客厅，追寻自己心中的海阔天空。只是当年的音符就像一颗颗种子种进了我的心田，等待着哪天风和日丽开花结果。

接下来，我们来聊聊这本书。头一位是这本书的策划人戴欣倍编辑。认识老师是很特别的缘分，原本天南地北未曾谋面的陌生人，因为热心的林紫老师的牵线而结识。如果不是欣倍老师的邀约和支持，凭我对自己的认识，是绝没有自信开始这本书的撰写工作的。欣倍老师倒是对我很有信心，这段时间一直协助我进行写书的准备，比如拟定大纲和具体框架等。欣倍老师是专业而严格的优秀编辑，却也配合了我的能力降低了要求，尤其在字数和篇幅上，虽然我自诩是创作者，但是对于相对较长的文章的撰写并不擅长，这和写歌词的方式完全不同，但是耐心的欣倍老师依然积极地给我建议，包括写作风格和后续的营销推广等，如果没有她的鼓励，这本书是不可能问世的。

这本书的书名缘于我曾经创作的一首歌。认错就像是背在身上的包袱，几乎隔三岔五就得拿出来抖一下，这样顺手的姿势让我一直以为它已经是我生命中的一部分，不论是唱《认错》这首歌，还是说认错的故事。一直到开始尝试用文字记录，我才有机会更客观地检视自己，包括《认错》和其他我曾经创作的歌曲，我的记忆似乎完全围绕着一个李骥在转——一个自卑自怜、怀才不遇、觉得全世界都曾经背弃自己的偏执的“人”。而这样的价值模式将偶然的缘起视为必然，输入了自己的记忆，再通过反复演绎纯化了自以为是的孤傲，只能距离事实越来越远。所以，不论这本书会影响多少人，它已成为我修行的救赎，而这份缘起得感谢欣倍老师的信任与坚持。

当我的记忆通过文字的记录而被唤醒之后，我突然发现生命中除了被系缚的自己和纠结的他方之外，还有很多默默陪伴在我身边的人，他们都值得感谢。这些在写作中被我从记忆中一一找了回来。如果说有一个人贯串了这些故事，自然非林志炫莫属，如果不是他愿意用清亮独特的嗓音诠释这些歌曲，恐怕这本书也出版不了。我一直承认我和志炫彼此之间性格差异太大，若不是为了音乐的梦想，这两个大男孩估计是没有机会相识的。我想若干年前的志炫家人，包括他自己，事前绝没想到一个品学兼优的乖孩子会和火爆乐队的吉他手混在一块儿。然而对我来说，志炫是楷模，他总是尽力做好交付给他的事。关心林志炫的朋友多半知道，志炫在“优客”初期，是瞒着家人签下唱片合同的，一方面是父母期待志炫接管家族的印刷厂事业，一方面也是他不愿毁弃和朋友在音乐上共同的理想，所以就算是《认错》专辑快速热销，志炫家人依然蒙在鼓里，到几个月之后才因为媒体的热烈报道而大白真相。为了兼顾家庭和理想，志炫答应父亲每天投身音乐工作之前，一定完成印刷厂的任务，因为志炫父亲认为所有的员工及客户都是家里的恩人，不能将工作假手他人。因此志炫每天得赶早拉开印刷厂铁门、启动印刷机、从老员工手上接过排版、上油墨印刷、搬运印刷品、送货到客户手上，这一折腾往往得到中午过后，所以几乎每一次通告都得迟到，同时还得带着满手来不及清洁的油墨脏污跑宣传。当年为了这些事，唱片公司同事和我没有少指责他，因为从知名艺人的角度来看，用这样的打扮上通告是不专业的，然而现在回想起来，就完全明白自己的局限，这样的孝行就该更真实地让更多人知道，更没有理由批评。如果当年《认错》的成功是两位年轻人歪打正着的结果，那么志炫2000年的《单身情歌》和2013年《我是歌手》的演出绝对能说明他的努力得到认可，而从中提炼出福慧双运的价值核心，所以我要借此表达对这位曾经的合作伙伴的感谢，同时也呈现我生命醒觉的过程。

当然也要感谢我自己，倒不仅是狭隘现世肉身的我，而是这几十年以来生命缘起所感得的一切。如果不是家中两位姐姐、一位弟弟，排行老三总想争取更多的关爱，我就不会拥有对言辞特别关注的能力；如果不是从小表现一般、不善交际、比较内向，也就不会更倾向用文字表述心迹；如果不是当年住校，有更多内外驱力写信，恐怕也培养不出爬格子的兴趣；如果不是生命走到了谷底、几乎失去前行的勇气，我也不会寻找智慧愿意向老师学习。人人都会犯错，那就看清自己的颠倒梦想，学会认错，有勇气回头为这么长时间的纠结寻找救赎。我一直想着：还好，来得及，我能走出这一步，虽然未尽圆满，但总算往对的方向去了，这何尝不是一种醒觉呢？实在是欢喜。

在这本书的写作过程中，我始终抱着谨小慎微的心思考量每一篇文章，因为没有一个故事只牵涉我自己，故事中每一个角色都是真实的生命，除了希望借着这些文字对他们表达感谢，我也同时期望自己不要重蹈覆辙，不要用伤害别人来成就自己。我没有权利代表任何一个人说出他们内心的想法，我能说的只是我的故事和改变，当然也希望正在看这本书的你想起的是你的故事。

让我用一个真实的故事来结束这篇自序。2017年8月，我在从上海到北京的夜行火车上突发心肌梗塞，对于自诩身体强健的我来说这也是一次醒觉，是身体和心灵上的醒觉。那个晚上，我强忍着疼痛，没有打扰任何人，只是歪斜地躺在动车的卧铺上等待最后一刻的降临，任何一次阖眼都可能是生命中的最后一次，而身边只有熟睡而陌生的鼾声，这时候生命的价值反而显得更清澈。坚持到北京南站已经是隔天上午九点，我背起行囊继续完成原定在北京的工作，直到当天下午进了医院，我被确诊为心肌梗塞送进加护病房，我才意识到生命就是如此，当每一次闭上双眼，你未必还有机会看见明日的光华。当然，我继续活了下来，然而，我已经不是过去的那个我了，有些事情我开始懂得把握，比如对智慧的追求，而有些事情我更懂得放下，尤其是别人对我的看法。如果没有这次生命的冲击，我未必能面对过去的成就和失落。

《认错》这本书，使我通过文字找回了生命的价值，而这些看似褒贬不一的内容，都是我对过去的回望，也是我重获新生的学习。愿我能以自己为例，让看见的人同获生命的智慧。谢谢你们的陪伴。

目 录 | CONTENTS

甲 认错

他们都猜错
003

Just for you
013

逞强的假面
023

认 错
032

乙 十分之一

十分之一
047

不知所措
060

后 悔
070

沉 默
077

丙 一个人的样子

一个人的样子
087

现在不想见你
097

Don't cry my baby
108

我是谁
118

丁 醒觉

多帮别人想
133

2066
144

I love you forever more
156

醒 觉
165

后 记
177

甲

认错

只为了一个没有理由的决定
以为这次我可以承受你离我而去
故意让你伤心却刺痛自己
……

他们都猜错

编辑老师让我写生命故事，要求只是娓娓道来即可，这看似简单的任务，实际上真难倒我了。如果这辈子有什么能耐值得我小小夸耀的，那么能写几个字肯定得拿出来说事儿，毕竟还有几首歌和几本书的出版留下了记录。写歌词和短文我特别拿手，只要把心纠结在一件极小的受挫事情上，半场夜色的酝酿多半能让我在晌午一口气完成创作。然而这次答应编辑老师的几篇文章，字数都定在六七千左右，我用最习惯的节奏在台北街边喧闹的咖啡馆独坐，却怎么也找不到灵感。几周反复地打开电脑、发呆、阖上电脑，让我意识到自己的一种“一千二百障碍”：知道自己每天要码1 200字，就开始紧张、惶惶不可终日。

年轻时候的我并不是这样的，虽然小学时期也有书写障碍，但总是发生在完成学校作业之际。为了不写作业，我不知道对爸妈撒过多少次谎，要不就是说老师没有布置，要不就是明明一字没写却斗胆宣称写完了。咱爹妈养活了两位姐姐、一位弟弟和我，还得抽身照顾行动不便的外婆，所以没时间指导孩子们作业和监督功课的完成情况，这才让我蹩脚的谎言能一而再地瞒天过海。只是原本该写作业的时间省了下来，我在做什么呢？生命最奇妙的事莫过于此了，不想写作业的我，多半的时间却依然在写，经常在写着寄给别人看的书信。

我一直是个不善言辞的人，特别羡慕那些一上台就能口若悬河的同学，然而老天也是公平的，赋予了在语言表达上比较驽钝的我一颗敏感的心。我经常希望做出一些讨好别人的事来刷自己的存在感。小学四年级的一天，老师帮班上一位稍有行为障碍的同学选一位贴心的邻座，估计全班同学都受过这位同学的欺负，所以没有一个人举手，而我真心感觉老师需要一位得力帮手，就毛遂自荐自愿调整座位到这位同学旁边。我当然不知道该怎么做才能帮得上这位同学，我所做的只是在被莫名欺负的时候忍住泪水不让老师费神处理我们之间的争执。记得那个学期结束之后，我写了一封信给这位邻座，同时也写了一封信给我的班导，这些信的具体内容我已不记得了，只记得我得通过写些什么把心里的不痛快发泄出来。

如果小学是人格发展的重要阶段，那么我应该是很独立地挺过了那段时间：学校作业总是没交、心里的想法说不出来、一般同学的游戏玩不来、好同学的成绩攀不上，六年的学习生涯我似乎生活在阳光照耀不到的阴暗角落。老师同学们几乎都不清楚班上还有这样一号学生，而我也习惯了不言不语，时不时给别人写一封长长的书信来宣泄自己的情怀，就算这样，孤单的小学生最终也进了初中。

小学和初中的巨大转变，发生在我升初二的暑假。虽然公务员的工资并不丰厚，父亲却一直坚持给孩子最好的学习环境，所以我们家四姐弟都在私立学校就读。小学阶段我每天得赶最早班车，赶一个半钟头的车程就学，这样早出晚归坚持到大姐初中毕业。那一年大姐的中考成绩一塌糊涂，大姐什么学校都没考上让父亲彻底死了心，把我们都转到离家就隔一条街的公立学校就读，这所学校离家近到听见上课铃声再从家翻墙进学校也不会迟到，省下了我们大把的往返时间，有机会和邻居的孩子们玩耍嬉戏了。从这样的结果而言，我真要感谢大姐当年的中考成绩，她用自己的牺牲换来了我们的解放，而这对刚进青春期的我而言格外重要。我们住的这个院子是父亲工作银行的员工宿舍，总共住了二十户人家，每一家孩子的年纪都和我相仿，一群毛孩子经常在院子里玩耍，彼此都熟稔。在咱这个院子最靠底的一幢，住着一户谭姓人家，哥哥和妹妹也经常和院子里其他孩子游戏，大伙儿都像自个儿家人一样，只有我比较特例，我觉得谭家妹妹的气质与众不同，尤其她看我的眼神似乎在召唤我灵魂的深处，情不自禁的我就给这位谭家妹妹写了厚厚的一沓信。由于我们住的这个院子有一个公用的信箱，所以信件只要往里头放任谁家都能收得到，当然我也没有好意思立刻表明身份，所以用了个笔名完成书写，趁夜将信件投入公用信箱中。这件事在咱院子引起不小的骚动，一夕之间大人和孩子都意识到青春情事正随着渐增的年龄在巷头弄底弥漫。那一阵子院子里孩子出来游戏的频次明显变少了，虽然大家不说，仿佛每个人都明白是谁家年轻人做了傻事。然后没过多久，住在院子底的那户谭姓人家搬走了，至今我也没弄清楚为什么。

这样的事情没有阻止我表达自我的冲动，只是明白了对太熟悉的人“下手”容易招致不可预期的后果，所以我开始留意院子以外的风景。从私立转到公立学校就读，除了学校离家特别近之外，这一所学校的班级数量也特别多，一个年级总共有三十个班，其中前八班是女生班，其他就是男生班。学校当然不希望青春期的少男少女们太过于关注异性交往，严格限制男生班的同学在上课时间穿行到女生班的区域，所以除了上下学的短暂时间之外，男女同学是没有机会在学校交流的。为了能让我的初中生活不白过，我自愿报名做交通辅导志工，就是称作纠察员的，因为这个岗位不但不需要参加早晚自习，还能在上下课的人流高峰站在校门出入口，引导男女同学顺畅地通行。挂着臂章站在校门口着实满足了我的虚荣心，觉得在那一刻所有的师生都需要我，所有人都信任我，现在想来，这是一种不太现实的自我价值提升。当然另一种优势是有机会欣赏众多的女同学走过校门，这一刻我可以放心大胆地看着每一张我想注视的脸孔而不必觉得害羞，我想这是我一直坚持担任纠察员最重要的原因吧。

那一天傍晚完成了交通导护，我们几个初三的男同学收队回训导处。不知道谁提起的话题，说今天初三一班的女同学中有一个特别漂亮的，似乎是以前没有见过的转学生，一群兴奋的男同学聊得眉飞色舞地走进训导处，发现老师们都下班了，而点名册正杂乱地堆在训导处桌上。其中一位担任纠察员的同学提议：要不我们翻翻看初三一班的点名册吧，或许我们能查到这位美女叫什么名字呢！倒不是我们喜欢猜谜，只是那个年代我们就读的学校，只有男同学的制服上绣着名字，女同学的制服上只绣学号，虽然大家都对长得比较标致的女同学好奇，却没有谁真的知道她的姓名。翻开点名册，四十几位女同学的名字如繁花般呈现，这群冲动有余智慧不足的男青年开始嬉笑猜测谁的名字更适合刚才的意象。我把这个班级所有女同学的名字扫视了一遍，记下了一个叫做“晴雯”的姓名，肯定是她！晴空的靓丽，又点缀着雨后虹彩的文笔，这么美的名字一定人如其名。我把这个名字抄在手心中，随着这群同学的一哄而散，轻描淡写地回家了。

大姐的男朋友送了她许多精致美丽的香水信纸。我不确定大姐是否有写信的习惯，然而她大部分藏在抽屉里的信纸都让我征用完成了少男情思泉涌的记录。这天我又一次翻出了大姐珍藏的信纸，躲在房间被子里，开始流畅地写下我对这位想象中的“晴雯”的思念。在那一刻我掌握的只有写在手心的名字，以及道听途说的画面，我并不确定这个名字能和那些描述对得上号。然而那一天我开始动笔，就一直没有停过，似乎这十几年的生命都在为这一刻的书写而存在。那天，我足足写了八张信纸才满足，塞进信封，超不合理的厚重，看起来都不真实。当时我没想过这封信要怎么交到收信人的手上，又或者当事人看到这封信会有什么反应，我只管一直写一直写，直到我悸动的心赶上我青春期的年龄为止。

写信的目的就是寄出去，只是这封信太特别，没法投寄到对方家里，只能想办法在学校里找机会转交，但是校园戒律森严，是不允许男女同学谈情说爱的。好在团结就是力量，学生之间已经形成默契，每天早上各班级都需要打扫教室前面的清洁区域，而我所在的初三24班旁边就是23班，接着就是22班，趁着早上清扫时间，我将这份特殊的信件交给隔壁班同学，再请隔壁班同学转交隔壁班，我想这样应该能将我的心意传递到校园的另一头吧。

你猜，齐心接力的信转交了吗？对方还真的收到了，因为没过多久，全校就在流传初三年级某班的女同学收到一封厚厚八张信纸的情书！估计也没有别人了，会干这个傻事的一定是我了！

这真是我写的第一封情书！

信写了，寄了，也有人收到了，只是收信的人真的是当时我们在校门口站岗看见的那个转学美女吗？

答案在当天晚上揭晓。即将面临中考的初三学生都得在放学后参加补课，我当然也不例外，而就在寄信的当晚，校外那个名为“状元补习班”的课间休息，一位同校的女同学看起来有些害羞地走向我，手上拿着一沓厚厚的东西。

那正是我今天早上寄出去的信！

相对于男女分班的学校，补习班绝对是青春期男女学生的天堂，没有限制谁不能和谁说话，因此她了无挂碍地走近了我，毫不介意包括我在内的男同学们惊讶的表情，把曾经拆开又试着恢复原状的情书放回我的手上，留给我一个轻笑，又转身走回座位。这下所有男学生都爆了，嬉笑怒骂地讨论拿着情书的我，而我只能傻傻地站在那儿……

怎么会是她！

原来我对她的名字特别有印象，只是因为补习班点名的时候听过几遍，才误将她在点名簿上的名字错认成女神给我爱的呼唤，众里寻她千百度，殊不知她远在天边近在眼前！更没想到的是她竟然当着这么多人的面把信就这么还给了我，这个挑战来得也太狂野了一些。下一堂课，坐在我前后左右的男生们全没心思上课了，大家都好奇地问这个女生是我什么时候认识的，这让我怎么回答，一切只是无心的邂逅啊！

下课后，我一如往常地走出补习班大门，看到她站在路边还没离开，那群从上课就用碎嘴簇拥着我的男孩们立刻把我推出，让我跟上前去和她搭讪。她回头看见了我，就转头开始往回家的方向走去，我才退后半步，就被那群好奇同学向前再推了三步，他们笑闹着让我跟着她去。于是，那天晚上，她走在回家的路上，我跟在后面两三步的距离，后头还压着一群不让我回头的男生。我其实是千百个不愿意，明明是认错了人，最后不但被公开，还得赶鸭子硬上架，我一点都没准备要和对方说些什么，最后只能跟到了她家，目送她走进家门，我身后的一群好兄弟才甘愿放我回去。

至少这次送别让我知道“我住长江头，君住长江尾”的必然，我们的家真的在同一条街上，只是我在这头，她在那头，中间相隔的除了学校、补习班，还有那一沓太厚重而看不清真相的情书。

总之，当内心发现爱的火苗，我做的第一件事就是拿信纸写下来。虽然那不是唯一一次跟在她身后走回家，但一直到初中毕业，我和她一句话都没说过。除了答案揭晓的当天对于自己认错人感到震惊之外，这场插曲留给我的却是一次没有挫败的恋情，她微笑的红晕一直留在我的记忆里，因为我从没想更进一步进入她的世界，所以我们不必跳爱的探戈。

《他们都猜错》歌词

我常问我自己凭什么爱上你

想走近却增加你我的距离
我好想用一颗深爱你的心
来交换你的美丽

朋友们都猜我迟早会对你放弃
他们的眼里都是怀疑
我说我将为了你而改变自己
等你说我愿意

我在人前人后相聚独处的时候想念你
不管你没有留意
我会用一生一世真意诚心来证明自己
这辈子我只要你

固执地认为别人不了解自己，结果是自己一而再地认错，别人才懒得猜呢！

不过这里还有个小故事。《他们都猜错》是歌手陈伟个人专辑中的主打歌曲，陈伟是优客制作人韩贤光签约的新人。韩老师本身是印度尼西亚华侨，陈伟是移民美国的ABC，在音乐上都很入潮流，中文的用字遣词就未必细致，当我把词曲交给韩老师之后，直到专辑发行才听到成品，和原始歌词有两个字的出入，只是这两个字改变了原创设定的人格特质，却没有机会回到录音棚重新配唱，令人扼腕。第一句“我常问我自己凭什么爱上你”被改成“为什么爱上你”，歌词立刻从暗恋的信息不对称变成了带着些许懊恼的怀疑，这肯定不是我这种内心敏感而脆弱的男生能在恋情中争取到的平等甚至强势的主动地位。当然，首唱是一位接受个人主义教育成长的半个美国人，这点讹误我觉得还说得过去，毕竟还算是人曲合一。第二个错误让我一直耿耿于怀，觉得整首歌的灵魂都被扭曲的，就是副歌的这一句“我在人前人后相聚独处的时候想念你，不管你没有留意”，我强调的是单恋暗恋！结果美国大男孩唱的是“不管你有没有留意”天！如此自我率性，只要我喜欢有什么不可以的人，怎么可能说出下面的誓言“我会用一生一世真意诚心来证明自己，这辈子我只要你”？难道不明白这句话来自一种要挟？虽然这首歌是我的词曲创作在他人专辑出现的唯一一首主打歌，却也没给我带来太多惊喜，果然被这首歌名说中：大家都猜错，原本描写一个歇斯底里的暗恋痴汉却被装扮成阳光朝气的男孩，这会不会让知道真相的听众吓一跳？

为自己压抑的内心寻求救赎而写歌词，看似是种方法，只是不停地写了许多，看懂的人却不多，来来往往的犯错、猜错和认错，歇斯底里的情绪却一直在那里，连自己都没发现，只留下散落的文字线索，等慈悲和智慧的谁来拼凑、诉说生命的意义。在这之前，我还得继续偷借大姐的信纸，书写从未停歇的内心涌流。

Just for you

把青春挥霍在爱情的大风大浪中，当下觉得是一种恣意的潇洒，等到年届天命回头望去，才发现搅在自己酸甜苦辣的烦恼之中，错过身边太多的美好。不断施展认错的苦肉计试图将随风而逝的恋情握在手中，却从没有醒觉自己一向的片面。我接受建议，将过去的点滴记录成书，让我有机会反复重温那些自以为是的故事，原来他们还有更多视角，尤其是那些曾经在我将跌落的生命中出手相助的美好，我决定认真地把他们想清楚，连本带利地写下亏欠的感谢。

我猜进入青春期的男女，都和我一样对情感的发生不能抗拒，所以很多你曾经听说过的我写的歌，都是我在中学时期种下的因而结的果。我是个身体发育晚熟、爱欲发展超前的男孩，从幼儿园起就特别在意身边排排坐的是不是女同学。印象最深的是幼儿园毕业汇报演出，老师没安排我坐到最喜欢的女同学边上，我就自个儿溜回家了，让爸妈和老师紧张地到处找人；小学的我经常在隔壁班窗外流连，只为想多看那个女孩一眼；中学爱上了英语老师，把她手写的考卷私藏回家反复临摹。这些傻事在我脑海中反复上映，一直到婚后才算正式结束。若以对异性情不自禁地胡乱放电作为青春期是否持续的论断，那么我就像泰迪·罗宾的那首歌所描写的，半辈子活在了青春期。

一对一的恋情是绝大部分人认定的常态，然而在我漫长的青春期发育过程中，却有几次的感情事件属于多人混战型，而其中发生在中考之前的那一次还是场八对一悬殊比例的“战役”。初中三年级面临中考的压力，想要提升自己考试成绩只得考虑课后补习，我和同班其他七位同学不约而同地选择了一个名叫“状元”的补习班，望文生义祈求自己能在中考金榜题名。既然我们八个人在学校是同学，放学后又得奔往同一个补习班，很自然地成为同行朋友甚至称兄道弟起来。一群刺头男孩原本能干的也就是些无厘头的事儿，我们这一伙干过最大的事也就是定做了一套制服、相约骑单车到台湾福隆海边野营。原本完美的计划因为我父母的阻止而有了缺憾，最终少了我的参与，其他七人按照原计划上路。没想到他们因为行为过于张扬，到了宿营海边被当地帮派盯上，夜里被流氓从帐篷中拖出来打，最后进了派出所。我不知道父母的劝阻避免了我的滋事算不算是一件好事，只是几个兄弟吐沫横飞地述说着这些对青春期男生而言的“英勇事迹”，还是让我的内心充满了各种的羡慕嫉妒恨，抱怨父母剥夺自己离家闯荡的机会。

然而天下事合久必分，因缘际会将八位男孩子凑在一块儿，注定得招来一个散离的因。我们就读的初中在校学生人数不少，在同一个补习班补课的三年级学生也不在少数，虽然就读我们学校的女同学并不多，而且大部分女同学的上下课都会由家人接送，但是就这么巧，同在我们补习班补课的学生中，就有一位同校的女同学放学后独自一人搭车回家，恰好和我们其中一个人同路，这对于就读于男女分班的男生而言就像是蜜蜂见到了花儿一样的兴奋，哪怕只是下课后跟在女同学身后走到公交站，都能让鲜少接触异性的我们充满亢奋的荷尔蒙。我清晰记得她的背影，比学校规定的标准短发稍长一些，洁净透亮的白色衬衫、熨烫整齐笔直的百褶裙，这对邋遢成性的男生而言是如天人般无瑕的美景。一群男生在女同学身后嬉皮笑脸、你推我挤，都像挂铃铛的老鼠各有各的创意，却没有谁敢上前把爱慕的铃铛挂在女同学身上。这样折腾好几天，最终我们这一群之中成绩最好、年龄最长的男同学壮了胆，慢慢地靠上前，借着讨论学习问题，终于如愿和她接上线了。从这一天起，原来只是一群八个男生的我们多了一位女成员，或许我们将从此过着幸福快乐的日子？

初中生的小恋情当然谈不上天长地久，一开始我真的认为她是属于我们每一个人的，至少会像其他人一样成为我的朋友，这样我们一群就是九个人了。然而愿望与事实往往背道而驰，当她转身迎向我们之后，原来看似义结同盟的八个人却一个一个走开了。头一个搭讪的男生近水楼台，很自然和她走得更密切，于是下课之后，原本的八人同行开始转变成两个人走在前面、剩下的跟在后面的局面，刚开始包括我在内尾随的这七个人还能嬉笑游戏，随着前行二人和我们的距离越拉越远，跟班的心情也变得越来越复杂，最后只剩下一片化解不开的沉默。接着私心的悄悄话开始蔓延，似乎每个人都对其他人存着些意见，大家开始不谈彼此、不说将来，见面只剩仪式性的问候和自以为是的论断，或许也有一部分来自考期将近的压力。和她走到一块儿的那个男生原来在各方面表现都十分优秀，然而发榜的中考成绩却落在中间偏后的位置，这是出乎众人意料的。这位男生不能接受自己的表现，将考试失利的原因归在她的身上，认为这样的结果是对方害的，所以和她大吵一架，闹得不欢而散。或许他们的故事在这一刻画上了句点，对我而言却出现了一个大大的转折符——原本在外形、口才和成绩上毫不起眼的我中考成绩在原本同行八人中拔得头筹，让我增添了自信，于是，故事下半场便换我上场，走向前去。

毕竟还有半年补习班同学的情谊，我单独给她打了电话约她见面、借口谈谈毕业后的安排。隔了几十年，我真的不记得那天下午谈了什么，只记得她告诉我百褶裙和白衬衫该怎么洗怎么折、每个折痕该怎么烫才能整齐，认真的口吻和脸上的雀斑十分混搭地保存在我的记忆中。那一刻的我觉得自己是个胜利者，终于甩开了其他七个人、在没有跟班的状态下和心中的女神单独约会，我以为这样可以是永远。直到那天傍晚陪她走到回家的公车站，直到我问出了她还没放下的心痛：

“你和他究竟怎么了？”

在那个我们八个人开始友谊的公交车站前，她的泪水夺眶而出，真的像断了线的珍珠。直愣愣站在她对面的我不知所措，不懂得上前抱紧她，也说不出安慰她的话，只能看着她泪流、转身、上车、离开，才懂得空间距离的远近和心灵距离的亲疏全然没有关系。暑假结束后，她去了淡水的一所私立高中，我进了新竹一所专科学校，那半年相隔百里之遥的我们保持了每周两封书信的往返，这频率就像是恋人一样，她还邀请我参加校庆，羡煞了当年一起跟在她身后当跟班的其他几个男生。然而只有我知道，我和她的恋情，开始于我们单独约见的那天，也在那天傍晚的公车站牌下戛然而止。

初中毕业的那年深秋，选了她生日的晚上，我带着这一周该回给她但还没寄出的信和一束花来到她家巷口，与她约见。和头一次见她相同的是整洁的衣裳和比一般女生稍长一些的短发，不同的是她看我的眼神，我们已经习惯只有两人约见的场景了。还是那个距离，我一直没有找到更靠近她的方法，更别说什么亲密的动作了，我和她，除了书信中的亲近，面对面只有笔直地站着、看着对方。

“生日快乐！”我把花和书信递给她。

“谢谢你，这么贴心……只是不能请你到家里来坐坐，爸爸在家……”看得出她见到我很开心。她很自在地向我道谢，也让我知道我们只能这么在她家巷子口站着。

“……没关系，或许下次有机会……”我躲开她的眼神，担心她看出我有些失落。我下意识环顾四周，这是一条在大街旁僻静的弄堂，没有闲人穿过：

“你家好安静呀，如果不是你住在这儿，我想我是没有机会走进来的……”

调整好情绪，我再度看着她的眼睛，在夜里她的眼神显得特别朦胧，一方面是因为虽然她有些近视，但因为担心显得丑而不爱戴眼镜；一方面也可能是夜的来袭，阻隔了我们之间缩不短的距离。当然也可能是我从来没有办法在她的眼中找到我期待的答案。

“不过，我会记得这条巷子，一辈子，因为……”担心这么说会吓到她，我调整了一个比较俏皮的语气：“因为，每年我都会来祝你生日快乐！”

听完，她呆了一会儿，然后再用她原本灿烂的笑容回应我：

“好呀！说定了！我也会记得你的生日的！”

她回头看了看家的方向，似乎担心被家人发现：

“谢啦，我得赶紧回去，免得老爸起疑了。改天找上大家，我们一块儿骑车去！”

她摇手、转身，消失在夜色中。不甘愿的我最后还是把不该问的那句话问出口：“他……去过你家吗？”

听见这句话，她停下脚步、没有回头，站在夜色中点了点头，接着她慢慢迈开脚步，走进撕裂的夜幕之中。

《Just for you》歌词

这是为你写的歌

在我们不再是恋人的多年以后

我试着回忆

Try to remember

什么原因叫我离你而去

往事却不复记忆

对我来说总有些心悸

虽然世故的我并不想拥有什么

就让我停留让我停留

在满布尘埃的旧信笺里

而你依然是你

在曾是属于我们的年少时光里
尘封中的回忆竟靓丽如昔
却怎么也不能看清你的眼睛
也许是曾经失去
曾经伤心
叫我迷惘地忘记你
就不愿再提起

每年深秋我总要说
Happy birthday 祝福你
而这首歌
Just for you

故事到这里还没结束，或许令你意外的，是我和她走近的同时，我也和另一个他成为莫逆之交。她和他的分手是我们八个哥们之间的大事，不论大伙心里怎么想，嘴上都盼望着他们能和好，而我就是投了个机，毛遂自荐担任双方的传话人，这才争取到和她单独约见的机会。

这位男同学姓胡，住家距离学校不算近，倒是离她的家不远。初中时期并不作兴拜访同学家，主要是当年大家收入不宽裕、孩子又生得多，谁家都没预留给孩子戏耍的空间。但是他的家我经常去，一家人我都熟，多少有些补偿心态。在八个同学之中他的年龄最长、我的年纪最小，但并未因此我就不懂得要小心机，和老胡套近乎有很大一部分原因是打听他的行程安排，避免发生出乎意料的尴尬三人行。那天在他家旧公寓楼梯口，我盘算着通过自我暴露来赢得对方的信任。

“老胡……前两天我见到她了……”

我小心翼翼地描述我和她的会见，感觉起来就像是我偷了他心爱的玩具一般。

“哦，她爱怎么着就怎么着，和我没关系……”

老胡若无其事、随口回应着，这样的态度还是让我比较放心的，我的愿望当然是他们俩彻底掰了。为求慎重，我选择性地透露会见的场景：

“提到你，她哭了，哭得很伤心，她一直说对不起是她不好，希望你能原谅她……”

说到这，老胡扛不住逞强的假面，提高了嗓门，眼眶里开始泛着泪水：

“原谅她？那谁原谅我呀？中考成绩这么差，连特别开明的老爸都看不下去了，这都是她害的……”

老胡说得很激动，似乎他们之间真的发生过什么隐蔽的大事。“反正接下来我们各走各的，她的事别在我面前说，你要是喜欢她，但追无妨！”

他们之间发生过什么已经不重要了，我知道自己的介入间接导致他们复合无望，这不正是我期待的吗？此后，我继续分别担任他们的好朋友，却从来不在他们面前提起对方。我们一直是朋友，相同的是我分别参加了他们的校庆、庆祝他们的生日，而我的书信我的歌却只为她写，不知为何。

《Just for you》是我第一首以民谣风格创作的歌曲，现在看来竟然不复深情，甚至有些可笑：我更像是成了他的傀儡，代笔写下他俩的爱情故事，最后交给一个完全不知情的好声音演唱，我在其中反而失去立锥之地。称不上横刀夺爱，当年的我依然存着乘人之危的心态，是我无论如何都该忏悔的。他们的故事点亮了我对爱情的笔触，是时候把这首歌献给幕后的原创，谢谢你们让我欣赏了这一出青春爱情短剧，这首歌，Just for you。

逞强的假面

无巧不成书，我那八分之一恋情的她竟然和我写了厚厚一沓信、认错对象的女生是同班同学，也同时在那个补习班补课！当然这两段小插曲都还属于两小无猜性质，基本上除了暧昧啥也没发生，只能说明我的青春期浪潮比别人来得更猛烈一些，就算一点儿小情绪也能让我纠结半天。

初中毕业我进了新竹的这所五年制专科学校，由于是一所工科学校，男女比例落差更为明显，导致思春男子期盼爱情的浪潮起伏得更加猛烈。和一群男同学住宿，我真是靠写信熬过青春期的，所以《Just for you》的女主角肯定是我的救命恩人之一，每周两封信让我有信心能坚持十八周的单身住校生活。明新工专当年的住宿条件就是一间空无他物的房间装上日光灯和开关，再放进四张双层床及四个上下层储物柜，就让八位头一回离家的大男孩入住。看起来我注定要和七位同性同行，就算脱离了初中一块儿补习的伙伴，还得在专科再次重组，我再度成为八人行中最年轻的那一个。一群罗汉脚整不出新花样，我们依然是约着寒假出游，八个人一起报名参加阿里山之旅，由当年以举办拓展活动课著名的团队承办。这一次爸妈觉得我都能独立住校了，参加四天三夜的外宿活动应该没有问题，所以没有像对初中宿营那样的阻拦。选择寒假登上海拔两千多米的阿里山，在体能适应上算是小小的挑战，但更大的挑战来自参加营队的学员组成：由于这样的营队接受全台所有类似性质的学校报名，所以学员就等于是同龄学生的随机抽样，男女学员比例基本达到一比一。如此平衡的状态在我们学校是不可能出现的。以我来说，小学毕业后就没同时见过这么多女同学，这样的感受自然是兴奋的。或许就在这种氛围的刺激下，一向木讷的我竟然在营队第一天举手自荐，担任了这四天活动走在队伍最前面举旗的那个人，这是此生我个人做的重大突破，这个举动带给我一段不可自拔的单恋。

曾经到过阿里山的人都知道，除了上下山路程可以选择公路或铁路之外，阿里山森林活动的主要项目就是看日出和看神木，在景区基本的行动方式就是靠走，拿着队旗走在最前面带队的我第一次到阿里山，自然没有预设的方向感，所以整个过程都有一位在阿里山活动中心服务的驻站领路陪走，也就是这三天的陪同陪出了问题。

我们同寝室八个人原本没打算报名阿里山活动，只是因为其他更吸引人的项目没了名额，而我们都已经和家里告了假，最终才选择上山；而同学们也从没想过平常沉默寡言的我会主动举手担任大队长，更奇妙的是完全没有其他人想要竞争！就这样机缘巧合，我就和这位驻站服务员——一位整整大我三岁的姐姐并肩在杉木林中漫步。她和我的生日在八月的同一天，知道这件事的时候我们刚选完大队长，领队正在和明天要同行的驻站服务员介绍我这位自愿举旗的大男孩，不过我完全想不起来为什么会提到生日，毕竟生日这件事对我来说是比较敏感的，好像让人知道自己的星座是处女座容易惹人嫌弃。听见她很大方地说出自己的生日，内心有些触动，好像知道明天会发生些什么，看着对面一头长卷发的姐姐，莫名的情愫开始在心底酝酿。

为了要登祝山看日出，第二天所有人起了大早，摸黑赶往阿里山火车站，乘坐小火车上祝山。太阳还要一个钟头才升起，四周一片漆黑，气温还特别低，这么多人挤在登山小火车的车厢中，几乎没有回旋的空间，这时候我可以感觉到身边人的温暖。我已不记得那时日出的模样，估计我是起太早犯困，对于自然景观没有特别留意，直到太阳跃出山头，大地恢复光明，我才意识到温度的回升。下山我们没搭车，而是从登山阶梯步行返回活动中心，这时候神奇的事情发生了：我身边的她在每一阶都和我同步，一样的迈步一样的频率，就这样比肩从山上回到中心。

阿里山森林步道隐藏着许多凄美的爱情故事，从阿里山火车站沿步道下行至姐妹滩之前，步道阶梯会穿越一个天然形成的树洞，这个树洞被称作鸳鸯洞或是情人洞，已经不复记忆，听当地人说，如果男女同时走过这个树洞，就能有情人终成眷属。听到这个故事，我脑子里浮现的就是从祝山顶上一路在我身边的这位驻站姐姐的容貌，或许一会儿参观森林游乐区的时候也会是她走在我身边。果然，早餐结束之后整队出发参观，她依然在排头等着替我们引路导游，于是我们再度并肩、同步，用近乎完美的步伐通过了那个横跨在步道石阶的树洞。

“就是她了！”我极力控制内心的狂喜，继续在接下来每一次前进的脚步中注意她是否与我同步，而答案当然是肯定的，我们一步不差地走完整个游乐区步道，尽管中间有许多次停下来参观拍照，然而每一次的再出发都是精准的配合，我心想：这真是神奇的缘分！

这样的营队结束总会发展出几场新恋情，事实上也有其他女队员结束后主动写信给我，只是我已心有所属。甫一结束营队，我立刻展开最拿手的攻势：每周给她写两封情书。虽然她大我三岁，但我觉得可以，因为我相信那个传说和我感受到的频率共振，她注定是我的。信件中我直呼她的名字，用一般情侣的方式书写内容，我相信她一定也和我有同样的感觉。只是收到她第一封回信，我开始不那么确定了，其实不论她信中写些什么内容我都是欢迎的，然而她的署名“易芳姐”却是我万万不能接受的。在这之后的每一次回信我都必须再三斟酌，不是没有想法，而是我究竟该用什么抬头称呼她，以及用什么署名表明自己的立场。用她来信的署名称呼她姐我是绝对不能的，然而直呼其名似乎也有不够恭敬的嫌疑；而署名“弟弟”当然也是万万不能的，却也提不起勇气和她以平辈自称。所以在接下来的大半年中，从我手里寄给她的每一封信，都是没有抬头也没有署名的文字，频率依旧是一周两封。

我真的很好奇，在三百多个日子里收到接近一百封没有抬头也没有署名的信，她会作何感想？我试过一次，在她正巧来到我的城市时约见，当然还是通过信件发出邀约，她欣然答应，在这封回信中她反复强调希望再见见这位十分独特的弟弟，我便欢快地安排和她见面，看一场电影——《军官与绅士》。十七岁的大男孩陪二十岁的年轻女性观看了一场爱情戏，严格地说，我没看懂，或是我根本没有心思看电影，只能胡思乱想接下来我们会发生什么。当然，如你所料，什么都没发生。我们只是从山上的比肩变成了街头的相对，很熟悉的距离，大概半年多前我才在深秋的一条小区巷子里经历过，我依然不懂怎么走近她的舒适圈。她掌控了谈话的内容和节奏，一如我家虚岁二十的大姐，虽然我精心装扮，然而自以为是的帅在她眼中折射出各种角度的孩子气。电影散场，单独约见结束，什么都没有进一步发展，包括我一直认定的同频同步也消失无踪，而我还认为是台北的街道不平整，害了我跟不上她的脚步。这些事情并不影响疯狂爱慕者的企图心，一周两封书信依旧，依旧没有抬头署名，我继续痴痴地等她会忘记我们之间相差三岁的事实。学期结束，一整个暑假耽误了我们的书信往来，再次开学，我升上了三年级，而她从阿里山脚下的那所商专毕业，顺利考上台北的大学的插班。开学初我很惊喜地收到她的来信，告诉我她的新地址，以及她的新大学生身份，接着我还是每周两封书信，而这整个学期，我只在学期结束前收到她从大学寄来的第二封信。

这件事不是个秘密，至少对一同参加阿里山活动营队、住在同寝室的七位同班同学而言，我魂不守舍的状态他们都看在眼里，甚至好几个夜里我带着她从大学寄来的信件，蒙着棉被彻夜痛哭，这几个大男生吓得不知道该怎么办，原本同寝好友习惯的促膝夜谈也因此打住，八个人在一间寝室度过了最寂静的一个学期。

《逞强的假面》歌词

当我将你的影子装进心田

就注定要承受一辈子的苦恋

我后悔的心想把你从日记中忘却

才发现自己不再有懂得笑的脸

你将不会知道我深深的情恋
在这几年我只是孤独的思念
I try to tell you
告诉你我的思念
只是我已经取不下逞强的假面

逞强的假面
孤独的思念
忘记笑的脸

还好当时不作兴心理咨询，否则这种状况的我肯定被认定有精神官能症。折腾一学期，终于迎来第二个寒假，同寝室的同学决定不放过这次机会，再带我一起报名参加上山的营队：这一次选择跳过阿里山，参加挑战全台最高峰的玉山登峰队！这下可让我彻底明白了，不是每座高山都有凄美的爱情故事，大部分的登山需要靠自己的毅力坚持走上去，才能攀登生命之巅。在登上将近四千米的玉山主峰、在凛冽的寒风中战栗的同时，我仿佛真的将发生在阿里山顶的那一切踩在了脚下，原来我还有能力让自己挑战生命的高峰，不会因为一次不完美的苦恋而奄奄一息。

靠着玉山登峰和新恋情，我在一年之后走出了情伤，似乎这一切都过去了，直到八年之后出专辑之前，我把这段故事写了下来，收录在“优客李林”第一张专辑里。出版后我带着自己的新专辑，给她打了电话，我们约定了此生第二次的单独约见。

地点在台湾桃园火车站前的麦当劳二楼，距离阿里山的初次相见，已经八年了。我一眼就认出几乎没变的她，标志的五官、飘飘长发，还是那令人心动的模样。我不知道她是否真的认出我，毕竟那个时候我的专辑大受欢迎，媒体频繁的报道让很多人都知道我的长相。我不想知道真相，因为真相并没有那么重要，我拿出专辑，签上名递给她，并且告诉她其中有一首写给她的歌。她还是掌握了会见的节奏，依然像个姐姐，或许是为她写的歌真的讨好了她，她显得比上一次会见时热情一些。她接过专辑，回答了我的提问：她结婚了，另一半的职业是法官或检察官我已经记不清了，这不重要，虽然这个答案间接地解答了我的疑惑，她考上的是北部一所大学的法律系，而一个学期只能回复两封信的原因多半是她的他走进了她的生活。之后她还对我说了好些话，我一句都想不起来了，她给我的记忆好像就终止在她提到另一半职业的刹那，然后就回转反复，从我和她在山上的脚步开始，不停地轮回、不断地心痛。

在发表过的音乐作品中，《逞强的假面》这首歌我还是比较喜欢的，至少它完整地传达了我有些歇斯底里的情绪冲动，从词、曲、弹、唱的一气呵成，证明“优客李林”组合的默契是存在的。我和韩贤光老师约定在出书之后要选几首歌重新编曲，到小酒馆弹唱，但歌单中不会有《逞强的假面》，因为它已经完美定格，停在我们在录音棚把这首歌用最原始的意象表演完并记录下来，但我可以为这首歌敬酒：敬我的年少轻狂，敬我和志炫曾经的默契，敬还留在山上的当年的单恋。

认 错

一般而言，犯错的人总能觉察自己的无奈，然后把伤人的动机都归结在那份无能为力之上，最后，连承诺都变得不作为而烟消云散了。

每次说自己有一段腼腆内向的青葱岁月，都惹得身边人不由自主地坏笑，生出一副不怀好意的模样，朋友们直接替我的人格特质做出定性：花心以上，浪漫未满。我也习惯了，经常想说几句体面的祝福词，到别人耳朵里听起来就成了明褒暗贬的损意词，怪只怪爹娘给了我一张严肃的脸，又怪自己当年出道非得戴上一副墨镜。

人长得再怎么不清纯，依旧得走过青春发育期。印象中自己从来没有明显的叛逆，但是追女孩这种事可没少干过。我明白当我说自己真不是一个油嘴滑舌的男人时，你们怎么都没法相信，如果真靠耍耍嘴皮子就能赢得异性的青睐，我何苦每次都得寄出写了几十张信纸的情书作为暗恋的开场白呢？而且小学五年级，我第一次尝试写情书的对象还是咱家邻居妹妹，就算每天低头不见抬头见，我还是无法当面用语言表述自己内心的情意。为了顾及邻居们的关系，我刻意没有在书信中写下自己的名字，宁可做一个默默无闻的爱慕者，也别让邻家妹妹受了委屈。当然，我并不知道暗恋的她是否受了委屈，因为在那封信放在她家门口之后没隔多久，他们就搬家了……

我想，她的离开是为了成就我这个爱慕者的心愿吧！

既然还没有进入青春期我就懂得写情书，进入青春期之后自然就写得更厉害了。尤其初中毕业后，我就读了寄宿的五年制专科学校，贫乏的学习生涯中收信、写信是少数的生活乐事之一，在这样的环境刺激下我更常提笔。几乎每一段感情故事都是从寄出一封情书开始的，对我而言，就像签下了一份承诺，我愿意给对方源源不绝的感情付出，并且完全可以是单向给予的。

就在当时，我开始交往一个小我三岁的女孩，或者说，是她给我机会重新认识感情，也是她使我开始创作一首首改了又改的歌曲。

刚开始一如往常，认识对方后我们抄下对方的地址，回到学校便开始通信。鱼雁往返毕竟和现代通讯不一样，思念得通过文字、穿越时空往返在恋人的笔触之间。虽然同时和我保持通信的有好几位，只是这个她不一样。几乎每个周末，我们都会在教堂的小角落固定见面，而每一次的会见又刻画了信件中思念的模样。很快，我们的关系不再被文字局限，身心的每一官能都热烈地接受彼此的眷恋。在整个青春期，我们相互承认是对方的恋人。

这段恋情能够持续八年一定不是因为我专情，环境是重要的因素。我就读的学校位于远离台北市区的新竹乡下，平时住校，只有周末才能北上逍遥，五年学习结束立刻赶上两年军队服役，同样只有周末休假才能亲近女眷，没有刺激花心基因发作的外在环境，才让这段感情得以延续。我们早就习惯对方在自己生活中出现的方式和频率，包括彼此家人都认定非对方莫属，我们便开始考虑结婚、买房、生孩子的事儿了。一直到了我从部队退伍进入职场，真正的挑战才初登场：原本不存在的诱惑在工作环境中无所不在，本来从不怀疑会一直和对方走下去的信心也开始动摇。

“咱们满二十就结婚生孩子吧！这样四十岁就能当爷爷奶奶了！”

练习和一个人相处需要的时间很长，得花八年的光阴，而决定和一个人分手，只要一个念头。某天晚上公司安排加班，派我和一位隔壁部门的女同事一起应付电脑系统新装机的案子，客户随口夸了我们貌似金童玉女，特别登对，当晚我就心乱如麻了。再加上和女友相处久了，生活琐事的烦心很容易让人想要逃避，而新相逢的浪漫的憧憬却教人心醉神迷，所以，那段恋情七年不痒八年痒，在工作三年的时候，我提出了分手。

我不是很记得当时自己和对方的情绪状态，可能是我自认做好了准备，没有什么留恋，所以也不关心对方的状态了。我记得的是决定分手的那天，我把这八年来收藏的每一封和她往来的书信从盒子里取出烧掉，就像是烧掉自己曾经给出的承诺一般。

明明是早就做下的决定
到了今天还是不确定原因
模糊的神情似乎还有泪滴
怕自己不懂将分离烧仔细

另结新欢自然是只见新人笑不见旧人哭，我算是心愿得偿，没什么要揪心的。只是无巧不成书，新交往的这位女同事，住在前女朋友家附近，直线距离不超过1 500米。我不是太信邪，虽然说小小世界真奇妙，但是也不会一条路上的所有人都天天照面的，况且看似我主动提分手，或许对方琵琶别抱了也不一定，遇上了正好祝福各奔前程。所以，我还是继续着新恋情，殷勤地温馨接送，一直到将近一个月之后……

送完新恋人回家的那个周末下午，台北一向阴暗的午后飘着细雨，我没带伞，也没打算搭车，顺着路延伸的方向信步向前。不记得我当时在想什么，只是让思绪带着脚步前进，怎么也没想到，到了一个熟悉的街口我便停了下来。这条街再熟悉不过了，过去的八年，几乎隔几天就要在这条街上走几个来回。在这条街底，就是前女朋友的家。

那是台北的旧社区，也是一条老旧的街道。一条窄而短的道路，站在街口瞪眼瞧，就能望见街底房舍的形状。回忆倏地涌上心头，惊呼：我怎么会做出这样的决定！我不清楚人的一生究竟能有几年，但是一场八年的陪伴绝对是感情的坚持，而我却被莫名其妙的浪漫冲昏了头，没有考虑彼此曾经的付出。我想起自己在第一封信中签下的名字、为对方未来做出的承诺，难道都随着烧化的纸灰飞烟灭了？我心急地挥手拨散心中还在燃烧的信件，试图找回曾经的模样，才发现自己已陷入了思绪的懵梦中，回神过来，不知不觉已经走到街底，站在那扇熟悉的大门前。

一层半的矮平房坐落在窄小巷弄的拐弯处，漆门色彩斑驳，八个寒暑的记忆留在了一层层新刷再淡去的油漆上。很强的负罪感迎面袭来，我意识到自己做错了什么，无论如何，我都欠对方一个道歉，这八年来自己的自私一定让对方过得很辛苦。于是我举手敲门，想用一声“对不起”来回应这段感情，只是不论怎么敲都不见有人来应门，恐怕是她不在家。既然都到了，我决定等一等，等她回来当面道歉，我退到路边屋檐底下，竖起衣领，在蒙蒙细雨中试着等待曾经的恋人返回。

傍晚七点的台北街头，放学、下班的行人匆匆地在路上穿行，大步踏向温暖的家。天色渐暗，这条街上屋子里的灯一盏一盏地点亮了，唯独对面屋里的灯依然暗着，她还没回家。夜渐深、雨渐密，那些夜归人都加快了脚步，急匆匆地想从清冷的街上消失，就这样到了午夜，冷冷的北风、凄凄的夜雨、孤单的路灯照着孤独的人影，最后就连我也不明白，为什么自己一直没走。

或许想让道歉显得慎重些，我坚持了半个下午和一整夜的等待，就这样我在屋檐下站到隔天清晨。天渐渐亮了，雨渐渐停了，站了十几个钟头的我听到街口传来马达轰鸣的声音，接着，一辆从街头驶来的跑车不偏不倚地停在门口。那是一辆崭新的进口名车，驾驶者是一个男人，似乎一旁还坐了谁。我正迈出屋檐，想借曙光分辨来者可是我等待一夜的她，一步，再一步，我总算看清了，是她！原本想要道歉的我这时候却停了下来，因为我不仅看见了她，也清楚看见她和他正在车里吻别！

这不正是我期待的吗？为什么面对这样的场景我却觉得心痛？她找到了可以依靠的肩膀，为什么我的反应却是震惊？担心晨光暴露了脸上的失落，我悄悄地退回屋檐下，眼巴巴地看着她推开车门再关上车门，打开家门再紧闭家门，接着，对面屋子一整晚没有亮起的灯点亮了，但是我心房的灯却同时熄灭了。

我像个幽魂一样离开了这个熟悉又伤心的地方，究竟怎么走的至今我也想不起来，一段感情就这么彻底结束了：转身的潇洒不带走一片云彩，留下的悲戚于记忆中反复念想。

放心，我没有那么脆弱，后来还发生了好些事，比如，新恋情的戛然结束，再后来是谱写了《认错》这首歌。整个过程虽然消沉，但我依然挺着，并且反复思考究竟发生了什么。人生似乎就是反复认错的轮回：我们先因为一时冲动做出承诺，然后不断尝试努力维持，最终意念转变，一切烟消云散，最多留下一句“Sorry”。如果真是这样，那么只要不做出承诺，也就不用这么辛苦地坚持，做不到也不需要道歉，一切跟着感觉走，这样多好！

《认错》歌词

I don’t believe it. 是我放弃了你
只为了一个没有理由的决定
以为这次我可以承受你离我而去
故意让你伤心却刺痛自己

一个人走在傍晚七点的 Taipei City
等着心痛就像黑夜一样的来临
I hate myself 又整夜追逐梦中的你
而明天只剩孤独的心

怎么才能让我告诉你我不愿意
叫彼此都在孤独里忍住伤心

我又怎么告诉你我还爱你
是我自己错误的决定

最后，说好的在一起呢？认错还是有效的，逝去的恋情被成功救援，我们似乎回复原本的关系，这算是个好消息。只是也有坏消息，《认错》这首歌并不是原创！

别惊讶，非原创绝对不是抄袭，而是原曲有一个原配歌词，意趣和《认错》大相径庭：

《掌声响起》歌词

掌声响起的刹那我便转身离开
只为了那不是我所期待的喝彩
昨天的失败是不是从此就不能重来
追求自我的脚步也就此放慢

一个人走在傍晚七点的台北车站
依然喧闹的街却寂寞如午夜一般
一双双冷漠的眼都在嘲弄我的无奈
以为年轻的心从此不再

生命中总有许多事叫人不能释怀
你又何必在乎那短暂失败
直到有一天我们共创未来
你会知道年轻的呐喊依然存在

这是参加歌唱比赛失利后写的，既是写给志炫，也是写给我自己。

我和志炫从22岁起参加过无数歌唱比赛，只要是一起搭档的，从来没有得过名次。1990年，在退伍三年之后，我们决定孤注一掷，参加最后一次比赛，若再名落孙山，我们就认命回家。那一年我们的组合特别强大，除了我和志炫之外，还特别邀请当年台大吉他社社长詹兆源，强强联手。果然我们一路过关斩将，从海选一路杀进十二强的总决赛。总决赛的自选曲采用了才在几天前完成的创作《流星》：

《流星》歌词

在望着第一颗坠落自夜空的流星
我想你会知道该怎么定义生命
在望着第一颗坠落自夜空的流星
我想你会知道该怎么定义生命

在望着第一颗坠落自夜空的流星
我想你会知道该怎么定义生命
而我就是那颗将坠落你心海的流星
告诉你没有谁能够永远年轻

生命中的每个脚步都是那么艰辛
是不是就要放弃年轻的一些权利
我将在属于你的星座上留下一点点轨迹
告诉你不要放弃　不要放弃

如果你以为优客李林的音乐灵魂是所谓的城市民谣，那绝对是被唱片行销的包装误导。在那一次比赛，我们完全以警世的摇滚风格呈现，台下则是报以如雷的掌声，我们以为我们终于做到了！

成绩出炉，十分意外，我们非但没有夺冠，甚至没有名次，原因非战之罪，原谅我不具体说出，一方面时间久远不可考证，另一方面我担心造妄语之业。全场最不能接受这个结果的就是我们三人，原本趾高气扬的状态一转成了垂头丧气，只想趁着大家还在为优胜者欢呼的纷乱逃离比赛现场。那是在台北市忠孝东路上的老牌百货公司顶楼，我们搭乘电梯降到底楼，直接步上台北最热闹的街头，我们却什么声音都听不到，感觉悄然如午夜，只是信步向前走着。志炫得从台北车站搭车回基隆，我们仨一言不语地从忠孝东路三段走到忠孝西路台北车站，一路上，觉得所有人都在看我们，那些投过来又逃不开的眼神都像在嘲笑我们自以为是，就这样走走逃逃，这一路我们像走了一辈子那么长。

到了站头，该上车了，我想还是该说点什么鼓舞人心的话，于是伸出手拍了拍志炫说：

“我们……一定……还有机会……”语焉不详的几个字，连我自己都不清楚想说的究竟是什么。志炫也只是点了下头，转身搭上回基隆的公路车。

现在想想，当时我应该认错的，《流星》的歌词不就暗喻了我们即将坠落吗？身为创作人，如果当时改写一首类似马到成功的歌，会不会结局就不一样了？

改歌词几乎是不能的事，当年我的经纪人为了让我们的创作更朗朗上口，特别从名校中文系聘请了一位女高才生陪我修改歌词。那个场景我完全记得，我坐在桌子这一头，她坐在另一头，我从头到尾把双手交叉在胸前、把下巴抬高，对她的建议保持沉默，偶尔回击以“子非鱼”的立论。沟通不到半个钟头就结束了和她的交流，因为隔天她就丢下辞呈不干了。

“我的创作都是真实的情绪，怎么能说改就改？”

然而，我的底气没有想象中强，在第二次改歌词会议上，我屈服了，因为这次换成了点将唱片老板坐在桌子的那一头，她直截了当地批评：

“这首曲可以，歌词要重写，你们还不到可以谈什么生命意义的位置，只能谈谈小恋爱！”

唱片公司老板说中了，结局的确不一样了，因为《认错》的歌词改写了，摇滚客的情绪被包装得柔和了，我们对音乐的坚持也放低了，然后，你们就认识了我们，而最少有一段时间，我都几乎要不认得自己了。

随着更多的人传唱这首歌，她的故事反复被翻唱、述说、论断，这一切都不是写歌的时候能预期的。就像原来的歌词，如果坚持，或许不会有令人羡慕的受欢迎，但是放弃，换来的又是反复的认错，聪明如你，会怎么选择？

乙

十分之一

为什么这次分手和以前不一样
好像谁都没有惊慌
电话挂得如此顺理成章
……

十分之一

我遇到最夸张的一次提问，竟然是在台北街头被搭讪。一个陌生人用一副推销员的姿态直接挑战了我的情商：

“先生您好，您在这附近工作吧？”这位年轻人趁我走在赶回公司的路上，直接开口喊住我。

“我应该称呼您李先生吧？您看起来超像一位歌手的……”年轻人满脸笑意，似乎真的认出我。因做过艺人，我的反应直接而迅速，原本严肃的表情立刻和蔼可亲了起来，毕竟来者可能买过我的专辑，算得上是咱的衣食父母……

“我现在已经不当艺人了，在文教基金会服务，您是？”我十分客气地回问，担心我的老花让我没能认出这位年轻人。

“太好了！我果然没有认错！优客李林！对吧！当年我就是听你们的歌长大的！”

我真不乐意听到这句话，但也不能否认这是客观事实，1991

年的《认错》专辑发行至今已有二十六年了，二十六年足够让原本处在青春期的孩子成长为社会中坚力量。所以我没必要因为这句话就跟对方较真，我继续维持着客套的笑容，点头赞许这位年轻人明确地表达了他优良的记忆能力。现在我已经明白这位年轻人多半是位销售，只是还没表明希望我买些什么，我希望他能快点切入主题，好让我温柔地拒绝。然而，他很快就犯下不可饶恕的错误，为了满足他的好奇心，他企图揭露我的隐私。

“李大哥，不知道这样问适不适当……”听到用这样的句子起头的提问，差不离就是我最恨的那个了。自己曾担任过心理咨询师，这句话的原意是：我就是要知道，你不可以不回答！这说明提问的人明知道问题不恰当，却还是压抑不住好奇，就拿一把看似恭敬的刀架在被问人的脖子上。

“觉得不恰当可以不要问呀！”这句话是内心戏，我没说出来。年轻人没等我表态，跟着就丢出了那个大逆不道的问题：

“当年你怎么就不唱歌了？”可能觉得这个问题真的很Low，年轻人赶紧补上一句，“我觉得你唱得很好呀，优客李林组合我更喜欢你唱的……”

放屁吧！每个见到我问这个问题的都这么说，如果不是鬼话，为何志炫上了春晚而我却是过气歌手？听到这儿，我气真不打一处来，决定给这位年轻人一点儿颜色：

“你新来的呀？”我不确定说这句话的口气冲不冲，反正那个年轻人吓了一跳。

“什……什么?”

毕竟几年的学习还是有些修养，没有上演骂街的戏码，我接着问这位年轻人:“你是社会新鲜人吗?这是你第一份工作吗?”

“噢，不!不是，我换过工作的……”虽然听明白了，但是这位年轻人依然一脸狐疑，原来是他问我问题，现在怎么换成我问他了?

“哦，那就对了，许你做疲了跳槽，就不许歌手换跑道?你当时为什么换工作呀?被老板开了?”只见这位年轻人张开嘴直愣愣地看着我，当然我也没想听他回话，挥挥手就走了。

现在回头想想，如果把谈恋爱也当成一种工作，那么我每一次创作的动机都是转换跑道，每一首歌都是离职报告，我不许别人问，自己却急着唱给人听。或许并不是这些事见不得人，而是我不习惯用我没准备好的方式让人知道，就像歌词是用精挑细选的文辞堆砌，听起来尽善尽美的，别人或许就不会留意我灵魂上留下的疤痕。说到底，我还是爱美的。

我谈恋爱维系的时间和年龄成反比:年轻时的恋情每一次都以为将天长地久;过了而立之年，谁的名字隔天能记全就算认真了，所以一辈子能遇上经年累月的恋情绝对是屈指可数的。我发表过的创作不超半百，大多一首歌描写一场恋爱和一个对象，唯有在刚开始创作的头几年，包括《认错》等几首歌都是写给同一个人的，因为那时的我认为我们的爱会天长地久，只是这个美丽的迷思终止在《十分之一》。

和她初相遇我正年方十七，刚开始意气风发，只因为我比别人早一些学会弹吉他。那年冬天和志炫在台湾大学对面新改建的怀恩堂献唱，台下是不特定的往来路人，而她就坐在观众席。在台上的我完全没有意识到一次生命路径的转变即将开始，只知道演出结束之后有些新朋友上前询问关于我们组合的事，接着，这些新朋友中的一位，开始每周固定出现在我参加的教会团契。说来也是缘分，带我参加这个教会团契的是《Just for you》第一男主角老胡，如果用时间序列来安排歌次，那么《认错》只能是A面第二首了。

我知道我怎么表示很多时候我是新恋情中被倒追的都会被讥为臭美，但至少这段感情我是被追求者。陌生的脸孔重复几个月成为熟悉的朋友，我们逐渐成为大家眼中的郎才女貌，唯一不认可的只剩下我自己，因为当时民歌在台湾蔚为风气，能弹吉他唱歌就能受人关注，所以当时团契中很多女孩子都暗恋我，就算再多几个也不令我意外。直到某一天她单独约我在教堂大门口见面。

“你知道我为什么会来这里?”她直截了当地问我。

我摇摇头，说实话，我真不知道。她站在教堂大门的楼梯下，我站在门口，就像站在舞台上。路上人车来来往往，她有些费劲地大声说：

“半年前，就像这样，你们站在台上，我在台下看到你们弹着吉他、唱着歌，我决定要认识那个弹吉他的男孩子，因为那天早些时候，我才刚从电影院出来，你长得就像电影《魔鬼终结者》里的男主角……”

这部阿诺主演的穿越片，第一集的男主角并不是阿诺，而是Michael Connell Biehn，我是在一段时间之后，在她的陪伴下才看了这部大片。当时看没看过这部影片，知不知道谁才是正牌的男主角并不重要，重要的是有人为了暗恋我，这么长的时间想方设法靠近我……

“我家不住在这附近，每次来这儿还得过一座桥，如果不是因为你，我是不会来这儿的……”她费劲地和过往车辆的发动机轰鸣声争夺我听觉的专注力，然后索性大声喊了起来：“……所以，我们的相遇不是巧合，我是专程来找你的，不要把我推走……”

然后？当然我们就在一起了。

从十七岁开始这段恋情，我真心以为这是生命中唯一的一次，倒不是我不曾喜欢其他女孩，只有她，我一直是以终身伴侣的心态来对待的，而她也是，甚至我们曾经考虑，在二十岁的时候就结婚，这样在四十岁的时候我们就能当上爷爷奶奶了。当时天真、浪漫的想法最终没有实现，在台湾年满二十的男人得义务服兵役，学校毕业，我就入伍参军，两年之后退伍，她也从学校毕业，我们终于跨越了年龄的差距，同步成为社会新鲜人。原本二十岁成家的理想，在社会五彩缤纷的吸引下灰飞烟灭，我们继续担任彼此的男女朋友，但是渐渐找不到学生时期的感觉，我的世界除了她之外，还多了很多东西，其中工作逐渐成为我们生活的重心。

从读书到工作是个阶段性的转变，至少对我来说是这样的：学生时代的学习成绩似乎更多是为了满足父母和老师的期望，而投身工作之后收入成就完全是自我价值的呈现，所以相对于学习，我绝对是个工作狂，不记得什么时候是准时下班的，倒是经常加班到深夜，骑着电单车穿梭在寂静的台北街头，数着街灯回家。这段时间她也不一样了，会见的机会看似比学生时期更多，但谈话的内容却比年少时期更少，多半是公司的业务和未来的规划，想念彼此的心思也越来越少。我们继续担任对方的唯一，只是这时候更像是维系承诺，做好表象上的忠诚，实际上谁也管不住被外界诱惑的蠢蠢欲动的心，甚至不止于动心。

移情已经不令人意外，尤其移情的对象是比女友更密切的同事。我自以为和公司女同事坠入爱河，为我和原来的她八年恋情种下了苦因。我认为自己不能做一个脚踏两条船的情感劈腿者，就在觉察自己移情别恋的隔天，我和她提出了分手……

写到这里，我还是很心惊胆战的，我希望表达的是我对自己生命的重温和审视，然而故事总是夹带着真实的情绪及演绎的他者，我担心她们是否愿意尘封的往事被再次述说，尤其是站在我个人的角度来回忆。我先在这恳求饶恕，对于任何一丝对真实感情的不恭敬，都不是我的本意，我只是明白，最好的释怀往往是最真的面对。我曾经选择逃避，而现在，我选择面对。伤疤的底下是新生的血肉，祈望我们都能得到重生的救赎。

或许阅读至此的你也意识到，原来《认错》和《十分之一》是描述同一段恋情的两首不同的歌曲，然而八年里不止有两首歌，《等待是一生中最初的苍老》也是同一段时期中另一个小作品，只是起因有些可笑：退伍之后我忙于工作，每每无法准时赴约，总是让对方等待。这一天，等烦了的她看到姗姗来迟的我，很不高兴地说了一句特别有哲理的话：

“你又迟到了！你难道不知道女人就是因为总在等待所以才变老的吗？”

她很少跟我说道理，所以这句话直接从我耳朵听进了心底，当天夜里就把词曲写好，隔天让志炫录了试听带。

《等待是一生中最初苍老》歌词

你说等待是一生中最初的苍老

在每个想念的分秒

刻画你轻轻的眉梢

而忧郁的你就愿意
愿意如此苍老
让每个想念的分秒
留驻你淡淡的眼角

从年少的轻笑到世故的祈祷
而沉默的我却不明了
这样的苦怎能叫它过去就好

因为今天想念的分秒
到明天破晓
会刻画在心头最疼的一角
因为今天想念的分秒
到明天破晓
会刻画在心头最疼的一角

就像歌词写的，今天的想念最终成为明天的撕裂，短短一个月的分手，我用一首《认错》看似弥合了伤口，但谁也不敢真的面对彼此的心悄悄地越走越远，我们只是恢复恋人表象，继续欺骗别人和自己会永远走下去。

《认错》代表我的创作生涯的高峰，这浪潮来得太早太急。

对一个25岁的年轻人来说，还没有思考太多人生的意义，就被推上财富名声堆砌的舞台，无疑是戕害了他对生命价值独立思考的能力。一切的转变发生在一个月之内，我们从默默无名的唱片新人成为家喻户晓的知名艺人，之后我开始迷失自我。如果生命存在自我意义的连续追求，那么优客的这五年，所有意义都被压缩在《认错》这张专辑大卖的短暂时空，剩下的是无力思考的真空。从天文物理可以解释这样的状况，短时间极大质量的碰撞，会扭曲时空并产生重力波，所以四分之一个世纪之后，我和你还被这些过去的事影响，不是事件还在，而是扭曲时空的残留引力继续在我们的时空中余波荡漾。接下来的五年，我什么都能得到却一无所有，什么都能去做却原地踏步，就连发愿维系、曾经失去又再度挽回的感情都没能留住，因为自以为是的我再也不在乎身边的旧爱，我已经证明自己人见人爱了。会这么想也不是没有原因，当年在唱片公司等通告的机会很多，偶尔会帮同事接电话，有一通电话让我终身难忘：

“点将唱片，您好！”我模仿唱片公司工作人员的语气，接起已经响了七八声的电话。电话那头传来兴奋的声音，一听就知道是一位年轻姑娘。

“喂……唱片公司吗？我要找优客李林！”急促的声音几乎来不及换气，对方着急地说明企图，一点没发现和她通话的就是要找的人。

“要找艺人呀……请问您哪里？有什么事吗？”我屏住笑意，假装认真地询问她来电的原因，接下来对方的回答把整个办公室都点亮了：

“我……我是优客李林的歌迷……我……我要和他们结婚！”

这通电话，这二十几年我从来没有忘记过，只是来电的那位歌迷估计挂上这通电话之后就把这事忘得一干二净了，因为两年之后，她来参加我们举办的一次歌友会，组织的媒体安排她上台献花，最后还送我们上车离开会场。我一直担（qi）心（dai）她再度提出结婚的请求，我在心里反复练习婉拒她的台词，没想到，她完全当没发生过这件事，亲切而客气地献花、领路，被送上车的我一脸诧异的表情。

从腼腆木讷到变成万人迷，使我自然不可能从对方的角度考虑感情的经营。随着五年唱片合同的结束，我和女友的感情也步入终点，没有理由，没有原因，莫名的分手，用这首歌谱下句点：

《十分之一》歌词

真的这几天我都在想

为什么这次分手和以前不一样

好像谁都没有惊慌

电话挂得如此顺理成章

我猜你现在一定让自己很忙
这样或许可以把以前的我忘光
大概你会怪我脾气倔强
不承认曾经说过要一辈子守在你身旁

可是我也有话要对自己讲
谁说我能做到从此不再沮丧
日子过得杂乱无章
常常想独自一人去流浪
几年的相处在心里也有分量
只是我们之间的温柔早就用光
谁都不让只叫咱们不停受伤
而我还得伪装好像我总是那么坚强

告别你其实等于告别自己十分之一生的理想
又要沉浮在爱情世界里的大风大浪
所以请你不要真的忘记我的模样
毕竟曾经把最好的留给对方

这应该是我自认为写得最好的歌词，好像我一直如十七岁时一样的深情，只是每每回头望去，才发现词句中充斥着大量的自私。经精确的计算，我们相识前后十三年，远超过生命全长的十分之一，当然我是为了歌词入曲写下更短暂的十分之一，却不能否认潜意识的影响，《认错》只是为了证明我有能力挽回一段错失的感情，只为了维持自己人见人爱的形象，一点都没考虑如何维持，最后的五年只有我的自以为是，把这段感情压缩在前八年。分手之后双方的生命都在沉浮，我还自私地要求对方不要忘记我的模样，难道留下的真的是美丽的回忆？

十年后，在我短暂服务于台北市政府的半年之中，我接到一通电话。一般市民很容易通过拨打总机找到在市政府服务的公务人员，而在爱情和事业的大风大浪中短暂逃离寻求喘息的我在自以为没有人发现的角落，接到了这通电话：

“研考会您好，我是企划师李骥……”程式化的客套，不带感情的语调，我并不知道接下来的声音将击穿我的防卫：

“你知道这十年我是怎么过的吗？当你意气风发地在电视、电台、报纸等媒体接受访问谈论《认错》故事的时候，我试着关掉电视、转开电台、阖上报纸，却还是躲不开那些讨论我们的声音。听过歌曲、听到故事的人都如你所愿地相信你是个既有才又多情的男人，却没有人想过每一次听到这些旋律，我都得一次又一次地撕裂再愈合。身边知道我们过去的人反复地问我为什么要分手，我也越来越不确定当时做的决定是让自己通向天堂，还是跌落地狱。虽然现在我也有自己的家庭、自己的子女，但是在午夜梦回的时候，我还是无法忘记我们的过去，我们为什么会认识、为什么要在一起，又为什么会分手，这一切究竟是为什么……”

我没有回一句话，只是默默地听着，再默默地挂上电话。她的这通电话更像是从我心底打来的，也都是我反复在问自己的，而我以为，这些都是隐私、不愿面对的。十分之一生的感情，拿十分之一生毁坏、再用十分之一生逃避，最终还得用几个十分之一生来忏悔修行，现在的我开始明白这一切都是缘起，本来爱情来来走走、朋友去去留留是自然的事，唯有执着令人痛苦。

不知所措

虽然我知道试图将内隐的个人经验泛化成外显的宏观价值是极度危险的，但是我依然相信所有人都和我一样，将初恋视为永恒：不仅是初恋当下在认知上把自己和对方的相处视为天长地久的必然，就算恋情结束，仍会在内心保留一隅永恒的空间收藏过程中的感动。以上是我归纳个人恋情史在生命老化之后通过引发回忆、召唤感受、权重排序后得到的一手资料，但也能从外部的二手资料交叉检验：《认错》《Just for you》更多引起听者的共鸣，因为它们都来自陈年的爱情故事。可能你会提出《输了你赢了世界又如何》等非本人创作的优客李林歌曲，这样的质疑不悖于我提出的论点，这首歌同样来自詹兆源深刻而真实的失恋，说明生命早期发生的感情越能强烈地刻画在人的心底，不仅只是创作者，也同样刻画在演唱者或是共鸣者的脑海。深情似乎有独特的通路，那种爱别离的痛感染着每个人。

因此自作多情完全是可以被理解的，没有人能够假装多情，如果他们的心里没有种下多情的种子。对不起，我相信种子的词义你们是理解的，却有极大的概率误解多情的真谛，多情的意义完全不是一种定量的分析，比较接近的描述是易得性。某人对情感的需求极容易被引发，才算多情，只是从一般的眼睛看来，等同于经常发生，所以才被误解成频次上的密集。人绝对是感觉的受体，所有的行动都在回应感觉刺激，所以多情是被动的、服膺外界感觉变化的。毋庸置疑，身边的确有些人多情，如果你懂得用缘起的眼睛看，会发现所有人都是多情的，只是不同的人对不同的感觉作出反应。多情的人一定是在过往宿生，通过生命的学习将许多感觉连结复制在大脑中，或许再加上反复的练习，所以对感觉变化特别敏锐，落花一片就能描写情意无限，这绝不是他意识之上的故意，而是下意识习气的推动。

借用郑华娟老师写给优客李林的一句歌词：莫笑我生来就是一个多情种。君切莫笑，我引用经典合理化我的多情，如果你愿意相信，很多时候我也不想就这样跌进爱情世界的风浪中，只因为轮回之中无明愚痴地种下的因种，不知所措。

……

要在优客李林发行的专辑中选一张相对特别的作品，那么《捍卫爱情》将很自然地脱颖而出，这张专辑虽然同样收录十首创作歌曲，竟同时主打其中三首：《多情种》《不知所措》和《输了你赢了世界又如何》。其中我创作的《不知所措》，则是《捍卫爱情》专辑发行前半年左右才完成的作品。

《不知所措》歌词

怎么会从你的双眸中决定了我的难过
这次只有我们知道在彼此之间交换的承诺
我没有说出感受只有不经意的沉默
却不能肯定你真的会懂

你身旁的他该是告诉我不能再说
在我再想从你的眼中找到悸动
也许我从门口离去不能代表些什么
我以为你会留住我

只有自己爱上你的夜里我不知所措
让你轻易地把我的心带走

若要论断我写的歌，那么在多情种的前提下，及输了你赢了世界又如何的结果下就显得恰到好处。不管再热闹的环境，只要有情绪触动了我的多情神经回路，我就会出现身心的退行，成为情感弱智，任情绪张牙舞爪地摆布而不能自已。我还蛮庆幸自己能活到这个岁数，能在一次次感情的磨难中挺住，还能好手好脚奋力成就更圆满的自我。我还要感恩的是自己具备写作的能力，当暗恋冷不防地袭来，总是向着力比多的原心越走越深，不让自己万劫不复的，只有通过写字让我找回和现世的连结。与其说我是个创作人，更该说我是精神病患者和心理咨询师的合体，用文字投射为自己的堕落寻求解脱，否则我将无法面对，恣意地开展单恋，却总是以彻底输掉自己收场。

成为艺人，首先要和现实交易的就是自由，不能随意地出现在非指定的时空，更不能到处宣说自己的情感。普通人的姓名是自己的代称、艺人的姓名则是交易的品牌，由不得我们随意，所以调剂身心的社交也开始被管制。更多时候，娱乐活动只限与同门师兄姐和同事进行，这样能在最大程度上避免不必要的困扰。就算如此，多情的种子依然在我心里伺机寻求萌发的机会，于是，歌词就在短短的一次同事餐叙及随后的K歌娱乐时发生了故事并写成了《不知所措》。

台湾点将唱片在“优客李林”签约的那五年销售奇迹般的长红，只要发行专辑就必然成为票房保证，因此那一阵子我最常参加的就是唱片公司邀约的庆功会，隔三岔五就换新地点举办一次。同事们很能接受类似的活动，除了可以大吃一顿，还能领到老板或歌手的奖励红包；而艺人也乐于参加，庆功宴意味着自己的作品受到市场的青睐，是名利双收的佐证。于是，唱着不同的歌、做着同样的梦、穿梭在各个庆功宴中，所有人都乐此不疲。

我知道自己不算是个玩咖，应该不乐意掺和在吃喝闹场之中，但是那几年却不少参加这类应酬，一方面当然是环境使然，一方面却也是逃避和旧爱不知所云的相处，便拿公务当作借口。到底已经认错三年了，同样的故事反复地演说，伤口非但没有得到愈合，伤疤反而因为一再被揭而恶化。维持承诺上的相守、执行实际上的疏离是我能想到的最好的治愈方法，所以对于同事们的邀约我总是积极回应。那天收工，志炫继续赶往照顾家庭的行程，我和同事们则转往娱乐场所。晚餐结束，同事建议到歌房K歌，我表面上欣然同意，心里却质疑这些本身就在制造音乐的年轻人为什么能把工作同时当成娱乐，这么做似乎存在人格分裂的嫌疑。直到转战卡拉OK，才明白此处就是梦境，年轻人卯足全力证明自己不仅是唱片公司的合格员工，同时也具备发行专辑的潜力，选择流行音乐做事业经营的人果然内心都存着一个明星梦。这个造梦场，正在进行一轮歌唱比赛海选，我是怎么都得面临被淘汰的结果，不单是嗓子不行，就连点歌都抢不过其他人，只能以听众的身份参与到这场集体无意识的梦境中。不知道什么时候，原本担任麦霸的电视宣传员放下了话筒，拎起手机、走出包厢，似乎在确认什么事情。没过一会儿，她走进包厢向大家宣布：

“某电视栏目制作人在隔壁包厢庆生，我们过去敬个酒！”

在那个全台只有三家电视公司的年代，综艺节目的制作人是所有唱片公司全力巴结的对象。歌手若能上综艺节目曝光或者接受访问，甚至录个单歌，都对唱片销量有绝对正面的帮助。能有机会和制作人搭上关系，是所有宣传梦寐以求的事，知道制作人莅临，宣传者当然不会错过，拉着歌手就往隔壁包厢冲。而甘愿配合的我则是另有盘算，因为这位制作人是位年轻女性，号称是全台湾最美的制作人，平日相见都在工作场合，相识仅是行礼如仪，今天荣幸一亲芳泽，多情如我是绝不会放弃的。于是跟在宣传员的身后，我走进了恰好在隔壁的包厢。

K房的包厢布置得几乎一样，更换的就是坐在沙发里的人和桌上的菜色，宣传员带着不知道什么时候准备好的蛋糕，唱着生日快乐歌走进了庆生场，从制作人脸上的表情你能看得出惊喜。当然我们就被迎请坐在制作人的身边，从大家热情的程度可以感觉出庆生会已然酒过三巡，该有的拘谨早就荡然无存，原本高高在上的制作人也还原成娇柔的女性，满脸嫣红地招呼刚加入祝福队伍的我们。让艺人和寿星合唱的主意很快被提出并取得复议，宣传员点了那首唱片公司师姐的主打歌《出嫁》：昨天的潇洒少年郎今天要变成大人样，掩不住嘴角的轻笑全都是期待和幻想……

若非当年手机不够智能，这个场景差了点的就是一张自拍；该我的部分当然是原版原声，自唱也算留下了一些私藏的画面。

两人深情对唱本来是媒体必点节目，我却在和她对望时被一次强烈的悸动偷袭，一颗多情的种子又开始蠢蠢欲动。其他人持续送上欢呼和掌声，她也一一回应，只留还握着话筒的我傻傻坐在旁边盯着她看。一首歌、五分钟，MV的男女主角都下戏了，我还望着落幕的舞台不能回神。美女应该很习惯接受注视，身边也有不少护花使者，她没有回避我发愣地看她，倒是另一侧，她公司的男同事开始坐得更靠近她一些。最后，她选择唤醒这场梦，用一杯玛格丽特敲醒蒙眬的眼睛，离开这个造梦场。

这些元素看似凑不出半首情歌，对我而言却可以。在单恋这件事情上，捕风捉影是我的本事。当晚，我回家关上房门，拿起纸笔，很快地完成《不知所措》的词曲，毕竟这样形式的填词于我反复练习了很多年。最早的一次在小学，因为换座而有机会坐在隔壁班女同学的邻座，竟然抄下她的芳名，当晚回家关上房门，拿起纸笔，誊写了一百遍她的姓名，纯粹意淫的满足。再一次是在初中，恋上长相端庄的英文任课老师，把期中考试的卷子、由老师亲手刻钢板油印的字迹带回家，关上房门拿起笔，一笔一画地临摹她的笔迹。

早期的单恋停留在练习阶段，虽有情绪反应，却没有能力替自己留下什么；直到后来情书写多了，文笔练灵活了，才有机会用文字表达感受。出唱片之前的那两年，我密集地将故事转化成歌词，除了那些经年累月的长篇爱情之外，也偶有秘而不宣的短篇暗恋，《说不的心情》算是其中一首。

最后一次参加歌唱比赛，我们做了各种可能的尝试，比如邀约表现出色的参赛者加入我们的组合，或是发掘有潜力的艺人一起参赛，所以我们连着几天到海选现场，不只为熟悉环境，也在搜索可能的合作对象。当然和詹兆源的合作就是这么开始的，只是那一次加入我们团队的，还有另一位歌手，是一位女性。

缘分总是用偶然当敲门砖，大部分参赛的选手演唱程度都停留在业余的初级阶段，在台下坚持听完三五十人的演唱需要很大的定力，所以绝大部分的时间，我们仨都旁若无人地在台下嬉闹，直到一个不同的女声从舞台上传出来。流行音乐一向奖励清亮的高音，这就是为什么每次小伙伴约练歌多半以声嘶力竭告终，因为大部分流行歌的调都是超常的高。歌唱比赛也是一样，选手多半选唱难度系数较高的歌曲，希望博得评审的青睐，但多半因临场表现失常（或是表现得太正常）而砸锅，懂得选择适合自己音色和中音域歌曲的选手在大面积的破锣声中反而讨好，让听了太多爆嗓撕裂高音的评审和听众的耳朵得到抚慰。台上这个女声虽然没有很好的演唱技巧，但很有特色，也够聪明，很快抓住我们的目光。她在演唱结束、下台之后，我们的趋前搭讪便开始登场，意外的是她竟然听过我们的歌，原来她和志炫一样住在基隆，经常造访我们打工的那家民歌餐厅。以音乐为名，双方惺惺相惜，当天就天南地北地描绘愿景，我和志炫决定从复赛开始为她担任伴奏及和音。给人弹吉他是我一辈子的事，让志炫给人唱合音可是绝无仅有，可见这位姑娘在比赛的那段时间有多幸福！

四个人、三种组合，全部进了十二强的准决赛，对于我们来说稀松平常，但对于这位姑娘而言就是喜出望外了，这是她曾经的梦想，却没料到真的实现了，而且同时得到两位才子的相助。主办单位很快注意到这件事，担心整场决赛变成我们的个人演唱会，于是颁发禁令：不允许参赛选手为他组选手助唱，这下姑娘的合音得缺席了，只剩下伴奏还能陪她登上决赛的舞台。只有两周的时间，她得换掉复赛练得熟稔的歌，再练两首独唱，她的手足无措，在我看来成了天赐良缘！虽然共处一室也只有练唱，但是小小地战胜对手的感觉还是很良好的，有些时候男人之间的竞争只是为了微不足道的面子问题。很快，我帮她选好了决赛的曲目：辛晓琪的《在你背影守候》以及Bonnie Raitt的《Nobody's girl》，接着就是各自在家练、再凑时间彩排。

自以为是的暧昧排练后，几件事我是确定的：我以为的拥有在转瞬间消失了踪影、给人弹吉他真是我一辈子的事、决赛席次再多也可能一个名次也拿不到。又一次从温柔眼神开始的暧昧草草结束了。

《说不的心情》歌词

当我转身要逃离你将投向我款款深情的刹那

你知道我还是忘记带走我已经放在你心中的过去
虽然我还是转身就潇洒地离你而去
却是我最苦的选择

就为了逃避那些卫道人士的假善面具
为了自私地保护自己不能再受到创击的寂寞心灵
我把双眼带到看不到你的孤独区域
却把深情留给你

不要再让我听见你在哭
你知道我怎能承受再次的打击
不要再让我听见你在哭泣
我的生命已交给了你

后来她们的故事都怎么了？真不知道，我有一个一生遵循的铁律：有些女人不能碰，所以，在我的故事脚本中，歌写完，她们就都随风而逝了，只有残存的影像，在我重新哼唱这些歌曲的时候闪回。

后　悔

在写这本书的时候，我就想着自己要重唱几首歌，似乎当年考虑太多的商业发行而流失了一些原创的真实。一开始完全只是畅想，随着文字逐渐积累，这样的心越发强烈，如果不是因为唱片的包装，这些歌应该试着用最原始的呐喊来表现创作者的心声。不怪谁，毕竟唱片制作发行的时间短暂而有限，如果不能很快地找到畅销的元素，那么一切的努力都将徒然。这个过程挺像追求异性，短暂的激情往往能迸发绚烂的火花，直到日子渐长，那些碍眼的不适应才逐渐被发现。过去的成就成为现在高度的奠基或是觉知自我的包袱还未可知，然而能确定的是自己曾经的改变，不论是自我的意愿还是外界的压力，我们都很难说明是否还是原来的自己。

“优客李林”发表第一张专辑时，两位成员已经二十五岁，人格发展相对比较成熟，然而我们仍然无力单独适应投身演艺事业的身心变化，包括工作节奏、生活作息和价值认同等，一切都与以往朝九晚五的工薪生活有不小的落差，至少得适应走在街上他人的指指点点。适应的过程也是一种迷失的过程，常听见自己说出这一句话：

“你知道我是谁吗？”

刚出唱片不到半年，某一次到餐厅订位，情急之下竟然对着服务人员脱口而出：你知道我是谁吗？这种傲慢随后被刊登在台湾的八卦杂志内页。所幸当年网络媒体尚不盛行，主流媒体又都和唱片公司往来密切，最终这场风波得以平息。然而这也说明舞台的聚光灯和掌声的确很容易令人目眩神迷而自傲自大。

因此，不是我故步自封，而是担心不经意的行为成为隔日大众八卦的话题，所以我的社交圈多以同行为限，而且晚出早归，避开行迹曝光。那个时候流行音乐产业的宣传同行之间自创一套对艺人形容词的新解：比如有气质，说明艺人的孩子气和神经质；或是三点不露，表示艺人因为早上爬不起床所以不接下午三点以前的通告等，从揶揄艺人来缓解做保姆工作的辛苦。优客算得上是流行音乐中的公务员，乐意早出晚归、配合公司的宣传任务，只是出唱片之后社交的对象及范围开始受限，除了唱片制作期的录音棚、宣传期的电台电视台之外，多半只有从家到唱片公司的两点一线以及和公司同事一块儿进行的工作或娱乐。由于音乐本来就是我的梦想，所以各种时空的限制都不是问题，最大的困扰主要来自感情生活，因为出唱片之后压缩了和女朋友约会的时间，对方的抱怨直接影响工作的情绪。我相对还好，因为这个阶段表面上还是和恋人在一起，双方家长都知道对方的存在，所以不论是Your place or mine都无所谓。

志炫的状况则大不相同。那一天我记得很清楚，难得志炫的时间允许，公司接了一个早上十点的电视通告，录影地点在台北市北的北投，同城的我自然早早抵达，并且预期搭档习以为常的迟到。令人意外的是志炫竟然准时现身在后台，这么异常的行径肯定意味着什么事的发生。这男人看起来十分憔悴，像熬了一宿的夜没阖眼，当然这不是这位乖宝宝的生活品味，他的作息一向正常，否则上午印刷厂的活早就该开天窗了。我凑近他才听说他今天早上吃了闭门羹，原本好意提前出门、亲自送早餐到女友公司楼下，却被冷眼相待，这恐怕是志炫的工作太忙碌冷落了需要关怀的爱人。就这么短短的十分钟，一部电影栩栩如生地在我的脑海上映——

很长一段时间都很忙碌的志炫终于匀出了开工前一个多钟头的时间，驾车出城，见一见久未谋面的她。这一天他特别带上了她最钟爱的早餐，赶在九点上班前，要给她一个惊喜。车刚停在她办公楼大门前，他就拨通电话、神秘地请她到楼下一趟。

从办公楼出来，她脸上没有露出他所期待的惊喜。她走到车边，他摇下车窗、拎出早餐，以为她会露出笑颜。她连正眼都没看他，拿过早餐、转头就走回办公楼，这让他慌了，赶紧问：

“你怎么了？见到我……不开心吗？”

“既然你忙到没有时间陪我，又何必见面？”

这是她转头消失在灰色水泥丛林前丢下的一句话，一直反复萦绕在他的耳畔。

原本以为这是个惊喜的清晨，却弄巧成拙成为一首歌的创作灵感。

《黄丝带》歌词

站在面无表情灰色丛林中
面对冷漠的你
也许现在的我不能再让你感动
将离开的你叫我不知该怎么做

好久以前这样的心情也曾有过
年少的轻狂让你走出我心中
现在你已将一切带走
我想这一次我也失去所有

等待你的我的心还在守候

守候对我冷漠的你的眼会回头看我
离开我的你的背影是否听见我
我的爱你的心在门口守候

不到半个钟头，“优客李林”第二张专辑的主打歌词、曲一气呵成，这是少数我能为别人写的歌，送给眼前这个心力交瘁的男人。

虽然是因为别人的故事动的笔，却能如此轻易地让我共鸣，恐怕也是对自己恋情的担心。总是用自以为好的方式去得罪对方，最后让自己后悔懊恼。虽然导火线是他们的龃龉，却更多地反映我们的改变，越来越无力关心身边重要的人。发唱片之后，自我越来越膨胀、自由却越来越匮乏，我们因为追求更多的成就，赔上大把大把的时间，最终都失去了恋爱长跑的能力。每段感情来得快而短暂，每次都令人窒息却少了长久。我以为在处理感情上表现得比志炫好得多，其实只是同病相怜，最终我们都开始在爱情的风浪中沉浮。我为优客李林最后一张中文专辑写歌时，已经很难再有经年累月酝酿的思绪，只剩下气短的自我辩驳。

《后悔》歌词

终于知道在你难过的时候等不到我所以才离开我

你却不知道我已安排了所有的未来守候你
我也知道我们之间的距离没有因为爱情而消逝无踪
却依然在这条鸿沟中挥泪抚平想你的伤口

你不知道我将用一万种爱你的方式来忘记我们的错
用我能想象的世界来建筑一座你要的城堡
如果能用一辈子换你停留在我视线中
我一定毫不保留

我有一千个理由不让你走
却不知道你会不会接受
我只要再一次能牵你的手
用一生证明承诺

当时我以为这是全新的创作，直到将《后悔》和《黄丝带》并陈，才发现它们完全是相同的脉络：这一方明明无所用心却试图通过辩驳让世人相信自己专注深情，而另一方早就看穿谎言用离开告诫谎言只能蒙蔽愚昧的自我。世界上没有不能安排的时间、没有不能跨越的鸿沟、没有不能抹去的泪水，也不需要不能兑现的承诺，而这些颠倒梦想都被写在歌词中，是因为我们都着急地想把爱人尽可能留在身边，一旦真的别离，还想用后悔来改变过去。所以，《黄丝带》未必是为了志炫而谱写，而《后悔》也不一定是写给自己的歌。

能如我所愿地将这些歌用不同的自己重新演绎吗？这样我便有机会不后悔吗？我相信。

沉　默

“优客李林”是两个截然不同个性的人混搭组合，沉默可以同时形容在不同时空的我们，而我相信你们也是如此，总会遇到无话可说的心境。任何一位曾经看过你演出的人都可能在遇到你的时候超级热情地向你招呼、用老友的身份寒暄、提最敏感的问题，而这时候你只能礼貌地赔笑、回忆来者是否认识、同时得恰到好处地回应提问。非常可能前一刻我还在思考人生的意义，回头我就得回答“为什么不唱歌了？”一类的问题。我一直试着把所有对我的提问都和无限生命提纲挈领地整合思考，后来我意识到这是完全行不通的，因为我的被问来自对方企图表现和我很熟，所以问题本身是没有意义的，也就是和问我“你和志炫真的不合吗？”是一样的，对方并没有如他们以为的理解我，实际上他们缺乏了解，然而在他们内心感受上，对我的熟悉程度就像其他认识多年的老友一样，是情绪的冲动让对方想表达和我的连接。冲动的热情和有限的理解不对称，最终能说的就是一些片面意义的问句，这在我们的社交互动中也经常出现，以这句话为代表“你瘦（胖）了”。

当然我和偶遇的歌迷之间也存在信息不对称，对方问“你为什么不唱歌了？”就会引发我强烈的情绪感受，因为对方不理解，结束歌手的身份对我而言不是单一事件，而是一连串生命的改变，所以这个问题绝对等于“这么活着有意思吗？”。那些偶发的提问都是犀利的，一针见血地直指我的软肋，让我意识到行走人生五十载，却没有多少时候能自主，直到现在我还拿过去跟自己较劲。

生命中的大小事相互牵绊、如此复杂，在没有理解究竟之前，我很难开口轻易给出答案，尤其在我已经随性而为这么多年以后。于是我经常保持沉默。问题的难应付究竟是因为真心的答案难觅还是因为问题本身，我还是不懂。

《还是不懂》歌词

你还是不懂

在故事结束的多年以后

只有我又被回忆刺痛

你说你还是不懂
记忆中有星星的夜空
怎么会叫我掉头就走

还是不懂
在多年以后
你还是不懂
我曾经彻夜等候

还是不懂
在多年以后
我的眼为什么又被回忆淹没

你还是不懂
在故事结束的多年以后
只有我又被回忆刺痛

你说你还是不懂
说你害怕一辈子的承诺
拒绝我所有的温柔

一首首歌、一个个没有结局的爱情故事，承载了那些年我反复的自以为是：我试着在歌词里提出问题，类似而矛盾的题型反复抄袭，以为安排自己担任歌里的受害者能多少看起来纯情；我没有意识到只有当时的我被自己的小伎俩耍得一愣一愣的，其他人都明白这些假问题要的不是答案。

我深深礼敬那些能一直保持高产的创作人，通过对自己作品的分析，我也同时明白“优客李林”专辑销售成绩的分布模式，这一切和爱的能力有关。那些特别有爱的创作人，在每一段感情中都真心全力地爱，所以可以轻易地将每一段邂逅描写得淋漓尽致，然后那些歌曲也都打动人心。《认错》这张专辑收录的歌曲大多经过七八年的酝酿，再传递至听者。越往后，为赶上出版专辑的节奏，很多歌词中的情绪大概就和一句“明天有空，约吗？”雷同。

短暂的恋爱用快餐式的情歌串联，我开始让忙碌逐步侵蚀灵魂，而最初的报应只显现在心神不宁的气短，什么事儿都着急，从工作生活到与人沟通，接着本来的忙碌充塞了心神、生命的焦虑感越来越多。唱片合同即将结束、没有起色的销售数字、暗潮汹涌的工作关系，理想仿佛瞬间消失，幸福又无法把握，这种紧迫感的推动使我变得更难相处、更慌忙。当然，我还是很懂得讨好，让别人顺理成章地相信我能继续担任有为青年，好比写书、读研、创业，哪样都算杰出，只有我才明白，迷失在看不到未来的迷雾中，我只能不停地要，直到幸福从我身边逃走。

那段时间，我还接手了一个深夜电台的主持，在我之前的主持人将这个节目经营得很有特色，对于这个挑战我喜出望外，自以为这将让我开创演艺事业的另一个巅峰。刚开始做电台节目，碰上媒体的邀访，正好能顺水推舟，为节目和自己造势。当我在记者面前侃侃而谈对新节目的愿景，随口说出自己热爱广播节目，却冷不防被面前这位访问过许多资深主持人的记者打断：

“我倒是经常听到那些经营广播节目一二十年的前辈主持人用‘热爱广播’这个词，没想到你刚接节目就有这样深刻的体悟……”

果然明眼人都看得出我的空虚，就连张牙舞爪想扮演雄狮都能被发现顶多是只病猫。所以所谓对广播的热爱也只持续了一年，不记得做过什么精彩内容，却又犯了一次暗恋的毛病。

对象是节目的制作助理，我们只有在预录节目的时候，在一家叫做“天音”的录音棚碰面。她的工作就是记录节目的内容、安排访问的来宾，以及准备一些文件，是一位刚毕业的小女生。相信我真的很用力回忆她的名字，但是请原谅我怎么也没有印象，我们的关系除了一周两个半天的同事之外就什么也不是，故事的场景是我们在录音棚之外的地点约见，我得把已经录好而她请假没能上工的那些预录存档交给她。我到得早，站在街口、看着她过街走来，礼貌地招呼、拿走录音带、转头跑走前问了我一句：

“没有别的事了吧？那我先走了……”

那天，我真心觉得很想见到她，只是我迷上的，恐怕不是这个小女孩，不是她的长发、不是她的脸庞，而是她的青春及其未来的无限可能。

《沉默》歌词

想了你一天
见面却没有多说一些
那句美丽的誓言
终于没有让你听见

然后我送你走
看你摇手看你转头
看你消失在街头
而我一个人还在逗留

连做梦都有你出现
见了面却无言
我已经把你放在心头
却又轻易地让你走

看似美丽的誓言，可能是精心包装的谎言；自以为踏上实践自我的道路，却是为了掩饰逃避现实的压力。我开始写书，试着成为作家；我开始读书，试着成为专家；我开始创业，试着当企业家……这些任务本身都是积极的，然而不论做什么工作，我总是坚持不了两年，然后不停地换，最终换成了习惯，再也停不下来。接着我离开身边熟悉的朋友、离开从小生长的城市、离开一切曾经的牵绊。为了找到更大的石头我不断放弃手上握着的石头，只是石头越换越小……

丙

一个人的样子

可是我说我想要一个人静一静
我拿起吉他　唱给自己听
这就是一个人的样子
……

一个人的样子

“优客李林”宣布散伙的消息是被台湾报纸以头条披露的，震撼了所有人。身为当事人，对于自己的私事被报道的心态是很微妙的，既希望通过媒体能得到更多人的认同，又希望报道的内容没有猜中自己隐晦的想法。因为媒体描述的内容过于详细，我开始担心是不是在那一通和记者闲聊的电话中抱怨得太多了，不小心把应该放在心里的想法说了出来，才让记者能洋洋洒洒地写了半版的内容。很快，看到报道的唱片公司老板拨通了我的电话，问我看过这篇报道了吗？我猜对方真正的意图是警告我别和记者走得太近。这一刻我什么念头都没了，我结束了原本就不太愉快的假期，从垦丁驾车赶回台北。一个月之后，唱片公司召开记者会，正式宣布“优客李林”组合解散。

对于这样的结果，现在的我表示来得恰到好处，五年的唱片合约出版了四张创作专辑，虽然数量上看起来不算多，但从实践经验来看，五年勉强制作两张专辑才能确保投入足够的情感浓度，我们两个人当时都不够尊重专业，同时都想做好太多事情，最后精疲力竭。人累的时候，不会有太好的情绪，在关系的处理上也变得比较马虎。看起来告别的决定是迫于环境的压力，实际上是我们深思熟虑的结果。

如果问题还停留在“为什么不继续”的初级思考上，那“优客李林”曾经的一切就失去了意义，因为“继续什么”才是最核心的问题。需要继续的，就不该是运气所得，而是其他更接近本质的共同价值。不过，当所有的好运都用尽，我也只能随波逐流地问“为什么要一个人”。

《一个人的样子》歌词

94年底　亲爱的父亲犯老毛病
我家楼下第一次有救护车停在那里
说是迷信　想想却也还有些道理
去看他的人　都把伞忘在病房里
我心目中的勇士　就这样长眠不起
他连最后　都不让别人担心
他就是一个人的样子

同在一起快乐无比
可是我说我想要一个人静一静
我拿起吉他　唱给自己听
这就是一个人的样子

95年　January　全世界的媒体都在关心
地球证明自己的力量不是人力能及
几秒钟的瞬间　就让五千人和他们所爱的人分离
电视的报道　镜头只看见残垢瓦砾
人造的森林　变成一座人工的地狱
哭泣的母亲　什么事都已经分不清
只记得一个人的样子

同在一起快乐无比
可是你说你想要一个人静一静
我拿起吉他　唱歌给你听
这就是一个人的样子

95年八月　从报上看见我们拆伙的消息
不能说意外　但是多少有点讶异
尤其那天和女朋友闹得也很不开心

人在垦丁　却完全没有度假的心情
到厕所洗把脸　试图清醒自己
看到那张挂满泪珠的脸的自己
我想这就是一个人的样子

同在一起快乐无比
可是有人说他想要一个人静一静
我拿起吉他　唱给你们听
这就是一个人的样子

有朋友写信　问起我最近的心情
叫我别再伤心　什么事都会过去
就像天空的云只管用力地飞行
说来可惜　我常常抬头看星星
却忘记除了星星　天空还有别的东西
也许就是最亮的星才会被注意
我注定要一个人的样子

这真是写得很好的一首歌，不是吗？人的孤独是从一开始就决定的，我们总在与人相处的时候，不去注意别人的功德，反而盯着别人的过失，然后用想要一个人静一静的借口惩罚对方。或许最终的分手根本来自一开始的不适合，因为人总觉得自己才是最亮的星星。

这样的经验我积累了不少，有一些还蛮有趣的。将音乐从兴趣变成工作，是从我读专科的时期开始的，那时我在民歌餐厅打工唱歌。新竹一家叫做“仙人海”的餐厅是我们音乐工作的始发点，王哥是餐厅老板，我想他最常被问的就是餐厅名字的由来，王哥每次都很海派地回答：人山人海看起来就是仙人海了呀。虽然说得随意，然而这家餐厅的确培育了不少音乐界的“仙人”，有黄国伦、戴瑞龙这一组合、“新鸳鸯蝴蝶梦”主唱黄安等。有机会在这家藏龙卧虎的餐厅演唱，是我们毛遂自荐来的，只是这时候的我们，学校乐队的吉他手和主唱的组合并非我和志炫，而是一起就读机械科的同班同学。开始组乐团的前五个人都是同班同学，最积极的就是这位主唱胡志祥，他替乐队主动争取了许多演出机会，当然也包括在仙人海打工。听说是某天周末他在新竹市区闲逛，发现这家餐厅有民歌演唱的服务，就直接走进去找老板聊。如果不是他，以我和志炫这样谨小慎微的性格，就算有机会闯出名堂，恐怕也得耽误比较长的时间。

于是，开始在“仙人海”打工的是我和胡志祥，正确地说，是他带上我，因为我就是个给人弹吉他的命。过了一阵子，学校的五人乐队变成了八人组合，增加了从隔壁班土木科来的三个人，键盘手、鼓手和主唱，这是我头一次见到志炫。接着勇于尝鲜的胡志祥不知道接了什么业务，和原本排定在仙人海演出的时段冲突，又不想放弃好不容易争取的机会，所以志炫才以代班的身份出席，“仙人海”民歌演出的班表上李骥和志炫的名字开始同时出现，现在看来我们的生命轨迹在这一刻就基本决定，果然是缘起不灭。

在仙人海餐厅楼下的演出班表上，李骥的名字持续出现的时间比较长，虽然在角色扮演上我更像是主唱的附庸，不过行销的本质如是，同样的口号反复出现的时间够长，就能在群众心里留下印象，所以来“仙人海”听歌的常客中，记得我的名字的人相对较多，也满足了我小小的虚荣心。一天，演出结束，走出餐厅已经晚上八点，我们得赶公交车回学校，宿舍过九点就关大门，晚归是要受罚的。我和志炫行色匆匆，走在赶往公交车站的路上，我突然感觉身后似乎有人在追赶我们。“仙人海”虽然只能容纳不到一百位客人，但每次我们演出的时候，总会有几张相同的脸孔坐在同样的位置，尤其有些还是穿着校服，看起来是刚下课就赶来捧场的女生。我想跟踪者很有可能是想表达爱慕之意，我开始放慢脚步，然后我听到后面传来呼唤的声音：

“李骥……李——骥——”

果然！我猜测得没错，年轻少女勇敢地追求偶像，我应该给她们完成心愿的机会！我走得更慢了，同时做好准备，在她们正好赶上的同时转过头，给她们一个最温暖的微笑。然后，她们喊着我的名字赶上了我，而我也带着尽可能灿烂的微笑转头了，然后她们践踏了在路灯映照下的我的身影，继续喊着我的名字跑向前堵住了志炫前进的方向，趁着她们超过我的一刻，我确认了就是总在台下相同角落对着我傻笑的两位女生。

我以为我是别人眼中最亮的星星，原来别人看我只是主唱旁边伴奏的猩猩。

我好像维持了那个转头的角度和脸上的微笑很长时间，直到被她们不断朝着志炫发出银铃般的笑声惊醒，我快步走向前方，在超过她们的同时恶狠狠地撇下一句话：

“赶紧走！迟到了！”

估计从那一刻开始，我和志炫之间的瑜亮情结便已种下，从各种方面来看我都甘拜下风，不论嗓音还是学习成绩，唯独趾高气扬和死要面子是我的强项，就算歌迷崇拜的眼神也不能让谁包揽通吃，最少也得争个平分秋色才行。所以在学校的乐队中吉他手拉着贝斯手提出摇滚主张，主唱协同键盘手走情歌路线，空中补给乐队和老鹰乐队的歌成为不得已的折中选择，否则就找不到可以练的歌了。学生时代就这样既合作又斗争地练唱，坚持到专科毕业入伍服役，才算正式散伙，这种微妙的合作伙伴关系才告一段落。

退伍之后乐队成员各奔东西，无力重新组合，只剩留在民歌餐厅打工的主唱和吉他手依然朝着梦想蹒跚前行，这时候我们不再计较了，只要有机会演出，只要台下有人点歌，我们都乐于弹唱，至于谁是星星还是猩猩就不那么重要了。为了避免学生时期选歌的冲突，我们除了练习当下最受欢迎的流行歌曲，同时也开始试着写自己的创作歌曲，我把努力写了五年情书的功力也用上了。当年我们的理想是到木船餐厅（就是每年举办民歌比赛的台湾主流民歌餐厅）演出。由于连续三年的参赛没有得到名次，我们终究没能正式踏上这家餐厅的舞台。出唱片虽然也是我们努力的目标之一，但销量却非我们的预期，共同追求理想的协力也淡化了。

没有愿景的组合注定要散伙，几乎从一开始就因为自己的无明而被设定，最后，宿命只是一步步地浮出水面。

我谈的好像是自己歌曲背后的故事，只是这一切都是性空缘起。如果当年我看清这个道理，就不会让同样的情绪重复出现在生命中每一个感情事件中，然而也因为看不清楚，所以才推动了这么多看似截然不同却如出一辙的情歌，严格地说，它们都不是单独的一首首情歌，而是无暇生命中反复唱响的副歌段子，提醒我轮回之苦罢了。

《一个李骥》之后，我就再无心力创作了，人说苦尽甘来，我感觉苦却是无尽的、躲也躲不掉的，就像老鹰乐队著名的歌曲《加州旅店》里的一句歌词：You can check out any time you like, but you can never leave.

这句唱完，就再也没有歌词，接着就是似无止境的吉他独奏、不停反复相同的和弦。天哪！原来外国人也在用对歌词的理解、通过精巧的编曲譬喻佛法的深意，我果然傻了很长时间，一路上好像在听音乐却从来没有听懂，包括别人的也包括自己的。

而我真的读懂自己创作的这首歌，是在2008年汶川大地震之后，还在逃避的轮回中挣扎的我，选择成为一名心理咨询师，再度为自己找了另一个光鲜亮丽的头衔。然而幸运之神再次眷顾，我和华师大的教授一起接受了一项针对青川中学师生灾后心理辅导的任务，偌大的学校总共只走出来三十二名师生。我本来以为会遇到一群唉声叹气的学生，他们再如何怨天尤人都是可以理解的，一场夺取将近七万人生命的大灾变，学校、同学、老师、亲人……能想到的一切，都在一瞬间灰飞烟灭。然而我看到的绝非怨叹而是感恩，虽然他们依然很憔悴，但每一位走出来的学生眼中，都带着对未来的期待和希望。他们认真地配合我们的心理辅导课程，努力从悲伤中走出来。通过和我们的互动，我仿佛听见他们内心的承诺：我会为了自己和爱我的人好好活下去，不论我的爱是否还在。

原来十年前，我就为你们写了这首歌！

2008年5月12　我的心和你们在一起

大自然的崩落也拆不散我们坚持的心

我们相信只要牵手向前就能跨越分离
真爱的呼唤能穿越残垣瓦砾
大山的森林保护地球生命的孕育
短暂的别离　辗转结生如母有情
这就是一个人的样子

同样的词，当重点执着在一个排他的我之上，考虑的就是星星与猩猩的不同，自私的结果，注定孤独地分手；当关注放在成为人该有的样子，看到的都是人性的价值，懂得给予和感恩，心和心就能共鸣。谁和谁原来就适合而注定一辈子相守？当我们都找到做一个人最根本的样子，那一刻答案也就自然出现了。

现在不想见你

从组合到个人，从事演艺相关的工作前后也有将近十年的时间，然而真正结交的艺人朋友却寥寥可数，这样的结果一定不是别人的原因，多半是我没能掌握和不同身份背景的人沟通的技巧，所以不能看见被聚光灯照得闪闪发亮的明星一定也有的赤子真心。当然每个人都是不同的，艺人也有和我一样自命不凡的异类，蔡琴就是被我归类为不太像艺人的音乐工作者。很荣幸，我认识她。

在点将唱片意气风发的年代，几位资深艺人选择投奔签约，包括童安格、伍思凯等，蔡琴姐也是其中一位。唱片公司和学校一样有着先来后到的排位，所以“优客李林”专辑的成功带动了点将唱片的气势，随后签约的艺人都该算是我们的师弟妹，这么算来蔡琴姐当然也是我们的师妹了。似乎除了戏言，我从来没有用“师妹”这个头衔来称呼过蔡琴姐。面对一位你从小听她的歌长大的偶像，尊称很自然会脱口而出，所以我认为称她姐还是比较适合的。在唱片公司头一次遇见刚签约点将的蔡琴姐，感觉十分特别。台湾民歌时期响当当的歌手、有着性感浑厚的嗓音的主唱以真人的形式出现，真让人惊讶到不知所措。我应该是问了很傻的问题：

“您现在不唱老歌了？开始做新专辑？”

当台湾的民歌风潮褪去，多数民歌手转换身份从事其他事业，蔡琴姐是少数选择继续唱歌的艺人，有一段时间都是出版翻唱歌曲的专辑，让人有一种蔡琴唱老歌的印象。不过蔡琴姐不这样想，个性直爽的她立刻用犀利的言辞点明了我问题的愚蠢：

“我不唱老歌，那些是经典，我也是，一直坚持做自己。”

一点没错！聚光灯和掌声是强力的迷幻药，服用了的人会产生世界围着他转的幻觉，不停地绕着自我执着，忘记身边的朋友和前行的梦想。一样经历过名利的诱惑，蔡琴姐的确一路坚持自己的风格，让自己的歌成为经典，也一直自在地做自己，这一切我是佩服的。最初我担心蔡琴姐是否难以相处，真走近了才会明白她只是很直接地表达感受，不在乎被看透，最后留在她身边的都是比较真实的人。

我很少邀请朋友到家里，一个原因是很长一段时间我没有一个可以称为家的地方，所以没有发出邀请，而且我认为从邀请前的准备到散会后的收拾，做主人的反而是最没时间和朋友交流，最终忙着博得朋友的好感却失去了聚会的本意。既然我这么怕家庭聚会的麻烦，所以也尽量婉拒别人的邀请，生怕原本一片好意终成双方的压力。就算孤僻如我，蔡琴姐的家还是去过几次，她住在台北很方便的市区，一般我们会在她家楼下的秀兰小馆聚餐暖胃，再到楼上她家喝茶暖心。当然，大部分的时间，我是蔡琴姐说她经历过的有趣故事的听众，感觉上蔡琴姐对任何事情都有她的立场，应该是很有主见的人，我猜想是不是这样的人就能很稳健地处理所有事情，包括难解的情感问题。

蔡琴姐的感情生活众所周知，她和导演杨德昌的婚姻看似幸福美满地持续着，至少从没听说过蔡琴姐的抱怨。我对杨导演的印象很浅，就算在蔡琴姐的客厅，应该也只有照面点头之交，这我能理解，因为我也不知道和不同背景的人除了礼貌问候之外还能多说些什么。最后一次来到蔡琴姐的家，碰上台北突然降温，衣着单薄的我直哆嗦被蔡琴姐发现，就命令我穿一件杨导的衣服再走。蔡琴姐从房间挑了一件黑色的高领套头线衫让我穿上，给了我机会和杨导结缘，也让我发现蔡琴姐作为女人体贴的一面，只是她习惯说话很直接，什么事都装作不那么在意的样子。

后来我再也没去过蔡琴姐的家，是因为她的家庭有所变动，杨导选择结束这个看似圆满的组合，开始经营另一段情感，而原本在我眼里独立自主的蔡琴姐突变成哀怨的小女人，甚至没有办法和男人面对面说话。唱片公司的女同事轮番前往安慰，我做不了什么，唯有在蔡琴姐新专辑制作排进议程时，为她写了一首歌：

《现在不想见你》歌词

我现在不想见你
虽然你说只是为了还不习惯分离
其实我也知道你的
我也想就这样孤独地走去
可是我没有坚固的心
怕见了你会让自己又犹豫不定
所以我现在不想见你

我现在不想见你
早就说过相爱的人不一定能在一起
你却依然任性说我
狠心把感情放得毫不在意
我想我们并非缘尽
而是再也找不到彼此间的话题
所以我现在不想见你

现在这样的我见到你

一定会忘记才做好的决定

又在你的臂弯里哭泣

可是我们的距离不是泪水或后悔可以拉近

所以我现在不想见你

我真的听蔡琴姐在分析他人的情变时说过相爱的人不一定能在一起，只是当时并不明白她批判的也是自己，或许她是在预言未来，就像那首她最早唱过的歌，心中的决定已经做了，却不知道小雨能不能将对方打醒。我想如果可能，蔡琴姐肯定希望亲手将对方打醒，让对方看清这一颗最真实的女人心。

后来走出婚变的蔡琴姐走上了生命的另一个高峰，少了感情的羁绊，专注经营演唱事业，取得了优异的成绩。从外相上看，断舍离让她更轻松自在做自己，只是不知道她真心的想法，我猜她或许会这么说：

“你管我的男人的事干吗？你管你自己当个好男人吧！”

我会的，我会做个好男人，把那件黑色高领线衫洗干净，然后亲手交还蔡琴姐。

难得的同行知己，我仿佛又多了解一位看似坚强却柔情似水的女性，我们都用逞强的假面来应对令人不知所措的情感起伏，用“现在不想见你”这样的谎言掩饰内心对爱的强烈渴望，所以看似是为蔡琴姐写的歌，得到宣泄的首先是自己的情绪。

那些专业的词曲创作人习惯将自己写的情歌交给别人演绎，我则相反，不懂怎么替人量身定做属于他们的歌。这辈子没有写多少歌，除了在自己的唱片发表，剩下的就雪藏在记忆中，能被收录在其他艺人专辑中，像《现在不想见你》一样公之于世的歌少之又少，从这点能够证明我缺乏为别人写歌的能力。如果曾有将我的创作超完美诠释的，一定是因为这位歌手很有实力，能将暧昧不明的词曲融会贯通再传情达意，而蔡琴姐就是其中一位。没有真的问过她如何评价这首歌，然而我的歌肯定因为她的认同而得到救赎，这是我特别要向蔡琴姐表达感谢的。

而在为数不多写给其他歌手的歌词中，以演唱者角度述事的是写给江蕙的《爱你的阮的心》。

《爱你的阮的心》歌词

爱你的阮的心你甘会知

爱漂泊的你的人平安倒返来

披链手指啊阮拢无爱

只要你疼惜阮的爱

每届送你行出门脚口
阮的心就不时块等待
今暗敢会放阮孤一人
只有自己叹无奈

女人的心你永远未了解
阮只要你乎我爱
女人的心你犹原无了解
浪子何时唔……

当然，和蔡琴姐一样，江蕙也是“优客李林”在点将唱片的师妹，同时也一直是闽南语歌坛的天后。虽然生在宝岛台湾，我没有学好闽南话，倒是因为常听相声练了一口标准国语。亲戚们多半是来台的所谓外省人，当然更不容易有机会练习闽南语，所以至今我还只能勉强讲一些蹩脚的闽南语，肯定不地道。就是这样的背景，我竟然能用有限的词汇为闽南语歌后写了一首歌，而且内容完全没有重复自己对感情的偏执，真是不可思议。我年轻时期也听过许多江蕙的歌，大部分集中在当兵的那两年。江蕙是远在天边的大明星，在公司都没有太多同台演出的机会，更别说私底下的交流。少了私交，尤其在比较通俗的闽南语歌文化中，似乎女性的感情世界只能任由男性摆布，也甘心作为家庭奉献的妇人。我猜这样的女性就算在行为上被禁锢，内心对情感的需求也绝不能被压抑到不复存在。估计维持传统女性的矜持，委婉地唱出对爱的等待是说得过去的。有了这个女性形象的基础，然后我想象着一个认命的女人伴着爱不定心的男人，虽然嘴上不说，却也无法逃避内心对陪伴的渴望，最后再把心里的画面写成这首歌。

一般写完歌，创作人就得录一个试唱带给唱片制作人，方便后续的编曲及歌手的配唱，本来这些事都应该是简单的，但是光写这首歌就已经把我能用上的闽南语词汇烧完了，接着自己还得用完全不熟的闽南语录试唱带，这简直难死我了，愁到最后连怎么完成的都吓得我忘记了，虽然最后还是交了差，但我真不确定有谁能听得懂。然而就算拿到的是一个以蹩脚闽南语录制的新歌试唱带，天后毕竟是天后，依然能以丰富的演唱经验及完美的音乐素养，顺利地完成这首歌的配唱，如果不特别说明，不会有人在听这张专辑的时候发现其中有个闽南语外行人写了一首歌。当然在写歌的时候，我已经知道江蕙的演唱实力，却直到听见成品，才明白一位优秀的歌手对作品投入自己诠释的二次创作所能赋予作品的生命力是不可限量的。能在闽南语创作音乐中留下一首歌，一定不是我自己闯就能做到的，谢谢江蕙用深厚功力的润饰，才完成这次原本以为不可能实现的任务。

不论是杨导的黑色高领线衫还是为难自己的试唱带；不论用

自己的情绪掺和，还是用理性的因果推论，最后我都送走了自己创作的情歌，这个结果我还是有些不甘心的。几乎每一次写歌都得让自己处在一种撕心裂肺的状态，就算这样也还不一定能写出像样的句子，把好不容易写出来的歌拿给别人，真像是送孩子给人领养，就怕别人无心养活。主要是写的当下，多半已经存在倾诉的对象，自然最期待的是将情歌赠佳人。除了被发表的那些情歌，其他都只能囤积在记忆之中。思念的依旧相隔两地、错误的依然歉疚懊悔，美丽的誓言终于没有让她听见。

请相信，我曾经为了那些没有被听见的歌委屈到不行，我以为每一个故事都该有个幸福的结局。如果一切靠缘分，何必真心爱着一个人？所以我怀揣着为那些沉没的情歌上访的使命，黑夜继续着白天的搜寻，求一个重新唱响的机会。一直以来机会是不缺的，最终还让我一直寻找的原因，是我到很迟的时候才搞懂，我没有明白我需要的是寻找一个生命的目标。

如果写好的情歌只要给对的人唱、让对的人听就算圆满的话，通过这么多位优秀的歌手演绎我的作品，我应该早就过着幸福美满的日子，又怎会还在寻寻觅觅呢？恐怕是因为我更多看到的是我缺了什么、比人少了什么、没有做好什么，而忘了我拥有的可能比别人都多。总觉得不满足也许是因为自己在家的排行，上有两位姐姐，下有小弟，排第三的我就学会争宠而特别希望能获得更多关爱，却也因为如此，求学阶段学吉他、组乐队似乎也是顺理成章，从那一刻起我便一直站在聚光灯的焦点之下。能有缘进入台湾流行音乐界，最初是因为家庭环境的影响，我们家算得上是演艺世家。我念初中的时候，姨丈就因为要追阿姨，拿着一把吉他，在我们家客厅弹唱起他写给阿姨的定情歌曲《子夜徘徊》，这位民歌手就是赵树海，如果这个名字你没听过，那么咱家表弟你就应该不会陌生了，就是前几年靠着主演《痞子英雄》一夕成名、和名演员高圆圆结为夫妻的赵又廷。但更重要的是阿姨在大学念书的时候参加话剧社，曾经在话剧《楚汉风云》担任女主角虞姬，而话剧泰斗金士杰主演刘邦，扮演项羽的正是赵树海。如果不是家人的支持，以我这么执着的个性，是怎么样都不能走上舞台、成就自己的梦想。

当然成为家喻户晓的明星，不保证人生就一帆风顺。“优客李林”第一张专辑大卖之后，接下来的销售成绩就逐步下滑。散伙后我出了张销售成绩凄惨无比的个人专辑《一个李骥》，终结了歌手的身份，但依然很努力、有点小聪明的我，在离开流行音乐界之后，在台湾写了几本书、经历了几次站在风口浪尖的创业。虽然我挑剔自己，认为每一次的转换跑道，初心都是为了避免和自己过去的成就比较，担心别人看不起我，然而从其他人的角度来看，我总能心想事成，做什么行业都能有些成就，只是最后轻蔑的眼神未必来自他人，看不起自己的终究还是自己。

人生就是不断地做、做错、认错、逃避、再做，期盼的离苦得乐却越来越遥远。原来，自己拥有的比想象中多得多，只是因为习惯盯着自己还没有的、着急和别人一较高低而忘记盘点属于自己的幸福。当这样想的时候，我发现那些为别人写的歌是美好的，因为从一开始它的存在就是为了别人。让一个完整的作品被更多人欣赏，这是一个美好的过程。抱着美好的初心开始音乐的梦想，这一路结交了不少有相同梦想的朋友，这些都成为一生幸福的资产。

那些情歌去哪里了？每个人、每件事都好端端地在我心里。曾经我如此迫切地想把这些我以为的垃圾清出我的记忆，到现在才发现这一切的一切都是我的一部分，而且都是最善美的泉源，我感恩都来不及，怎么还能否定呢？所以不只是情歌，只要是我有的，谁要就给谁，那些属于我的，从来不会离开，而且越布施、越富足。

Don’t cry my baby

长子和父亲的关系是很微妙的，爱之深责之切，从小期望的眼神落在肩头，对长子而言肯定是沉重的。为了跟上父亲的足迹，我肩负着压力，偶尔还得忍受不被理解的委屈，在父亲的背影下逐渐成长。待自己身强力壮，能大步赶超父亲前行的那一刻，才意识到父亲已垂垂老矣。

父亲走了将近十四年，我还是深刻记得最后那几天发生的事：他是突然倒下的，我都没料到救护车从我家楼下送进医院竟有去无回。他被送进医院的第二天，所有人都到医院看望他，他还和阿姨约好回家做打卤面，第三天清晨，在家里接到妈妈打来的电话，说爸爸不行了，那一刻，藏在心中的话，不论是他的还是我的，都来不及告诉对方，迫不得已，只剩告别。

父亲一定有很多秘密，只是做子女的我们都太自私，从来没有问过扛着压力的父亲会不会累。我一直比较傻，体会不到父母的辛劳，只是在朦胧的儿时记忆中依稀记得父亲经常单独带着我出门，我们似乎走过很多地方。或许长子对父亲有着和其他孩子不同的意义，所以除了能拥有各式各样进口玩具之外，也少不了受到严厉的教训，所以我对父亲的印象是复杂的，偶尔是出游时牵手的呵护、偶尔是带着礼物回家的敲门、偶尔是拿起藤条抽人的责备，所以在进入社会之前，我对他一直保持敬而远之的态度。

我从学校毕业退伍之后，父亲曾经试着帮我介绍工作，那是在他服务的金融机构做计算机信息管理和维护的工作。拿到就职通知书，我却选择不去报到，因为进了这样的机构，我就没法提前下班到基隆唱民歌了。我没考虑这个职位可能是父亲动用了关系才争取到的机会，没有和他讨论就选择了放弃，估计让他有些难堪，只是他从来没说过。他虽然担心我不懂得找个安稳的工作，日后会吃苦，不过他还是让我自己选择，就像他当年选择自己的路一样。

真正开始了解父亲，是在我做了歌手出唱片之后。1991年的《认错》出乎意料地畅销，“优客李林”的音乐从台湾穿越海峡在两岸同时被传唱，所以第二年我们就受邀到上海录制电视剧主题曲《爱你没商量》，以及到成都参加电视栏目录制。那一段旅程发生了好多事，但令我印象最深的，是我在上海入住西郊宾馆的那个晚上。知道我要到大陆，父亲神秘地在出发前抄给我一个电话号码，交代我到了上海要打电话给大哥，虽然在台湾的家里，为了不让妈妈不开心，没有人能公开地谈论父亲在来台闯荡前的模样，属猴的父亲在银行同事的介绍下和妈妈在台湾成家的时候已经四十好几，很快就生了四个孩子，属马的我和父亲的岁数相差四十六载。听和父亲一起走过大江南北的异姓结拜兄弟提过，当年父亲绝对是风流倜傥，身边不乏红粉知己，所以当年曾经养过一双子女，来台之际还带着这位我们的大哥，只是大哥习惯了十里洋场的热闹，不适应南台湾的朴素，独自搭船回了上海，父子二人便开始了两岸相隔的思念。我们那时都还年轻，肯定无法理解父亲当时的心境，也不知道他为了维持台湾婚姻和家庭的圆满，一个人按捺着内心的澎湃。虽然我们从长辈的交谈中了解到这位大哥的存在，却更同情被蒙在鼓里的妈妈，觉得她嫁给了一个带着谎言度日的人。我遵守约定，到了上海就拨打父亲交代的电话，对方确认我住的酒店，就说要骑自行车过来，从大哥住的大院到西郊宾馆直线距离有十三公里，而他连夜骑单车过来，这样的心情得多迫切。大约一个钟头左右，门口有人喊着：李骥，你哥哥来找你了！我正怀疑他们怎么认出来者是我大哥时，我在房间门口看见一位长得跟父亲几乎一模一样的男人，除了个头明显矮了些、脸上的皱褶少了些。那一刻我明白大哥和父亲之间微妙的关系了，沉默的关系维持了一辈子，理解却只需要一瞬间。我明白了父亲从来不提大哥的原因，哪怕只是半句想念，都会是止不住的泪水和藏不住的后悔。隔天宣传员带着我和志炫去大哥留下的地址见家人，搭出租车都得将近一个钟头才到，我才知道昨天晚上大哥的自行车骑得有多赶。还没拆迁的南京东路因为高架的施工显得十分拥堵，我们花了一番功夫才找到了那个地址。旧里弄内两层的房子住了最少七八户人家，我们三个人就和大哥大嫂、侄子侄女以及两个侄孙六人挤在床板旁的餐桌前凑合了一顿。晚上回到西郊宾馆，大哥又赶来了，带了十二只大闸蟹要我带回去孝敬父亲。已经五十岁的大哥孤单一个人闯荡了整整半辈子，依然惦记着他在海峡另一边的老爸，这么靠近父亲的我却不懂怎么和他说说心里的话，我感到惭愧。

父亲过世，我没有和大哥说，原因只是担心大哥会来和我们这个家争些什么。其实没有什么可以争的，我们一直得到过多的父爱，尤其是父亲思念长子不得而加倍用心照顾我们，而我们却一点不在乎这份对大哥而言可望而不可即的亲情。父亲过世后我很快也面临一连串事业的挫败，《一个李骥》专辑沉闷的调性正对应了当时的心情，而父亲的离开正持续地影响着我，于是几首歌都在描述这种难受，Don't cry my baby是其中的一部分：

《Don't cry my baby》歌词

清晨的街头只有一个人影

弯着背穿梭在车与车之间

为了孩子在努力
而孩子只会眨眼睛
今年就满三十一
知天命的他就这样扫着地

夜半巷子里有脚步声响起
一名女子正趁着夜色离去
她不打算叹气
因为父亲要养病
中学毕业开始走进风尘里
几年的时间已经忘记了自己

So don’t cry my baby
看看窗外的世界
小树悄悄地长成森林
太阳和月亮总在照顾大地
怎么说只有你在伤心

我还记得那天夜里的情形
刹那间音符都失去意义
他的年纪很轻

刚结婚一年的光景
只留下音乐和惋惜
所以有些事我想告诉你

Don't cry my baby
看看窗外的世界
小树悄悄地长成森林
太阳和月亮总在照顾大地
怎么能说只有你懂得伤心

他的离开对我是个打击
但是现在我得更加努力
不一定要第一
总要对得起自己
将来拿得出一点成绩
再见面时也好让他高兴

Don't ever cry any more
看看真实的世界
小树总有一天变成森林
太阳和月亮永远照耀大地

怎么能说只有我懂得伤心

他的离开我是很伤心的，我刚开始理解男人为人夫、为人父的责任。可是在我还不知道我该怎么做，以及他希望我怎么做的时候他就走了，让我再怎么哭喊都问不出答案，很长一段时间我都不知道该怎么办。

时间可以平复情绪的，但心痛还是带来改变，我开始变得更像父亲，在生活的一举一动之中。原来我绝对不碰苦涩的咖啡，后来我和父亲一样成为黑咖啡控；我从没想过会在大陆生活、工作的，却去了父亲曾经走过的每一个城市。我内心默默地以模仿父亲为荣，嘴巴上却绝口不说。

千禧年后的十年，是我生命转折的重要过程，只是转得太慢、时间也太长。父亲是我在原生家庭的唯一约束，他离开后我开始躁动不安，那一颗争宠的心在方方面面作用着，的确争出了一些成绩，但伤害的肯定更多，到最后只能背弃一切承诺、出走陌生的城市。如果能很好地将时间抽离，你就会和我有相同的发现：没有任何事是独立而突然发生的，我所说的陌生城市也并非全然陌生。北京是父亲曾经工作生活的城市，就算最后落脚台北，他依然用味觉唤醒年少的记忆，所以那些饭店料理店从小就是父亲领着我们去过尝过的，通过舌尖引发的回忆，我似乎能在长安街旁的好多角落发现他的身影。一个人在北京的悲苦，靠着父亲穿越的带领，我有了勇气尝试再往前，就像跟在父亲背影里的孩子一样，原来有了跟随的足迹是如此令人心安。之后我来到上海，这座十年前我曾经到访过的城市，人与地的连结更加真实。大哥和我生活在相同的城市，这让刚开始流浪的我有了一种回归的感觉，而熟悉的味道继续提供了另一种安全感。妈妈的料理一直延续着她家乡的口味，我只要随意走进任何一家本地家常饭馆，仿佛就能看见妈妈的料理，所以我不是真的像我所抱怨的那样承袭了父亲的流浪基因，而是看似巧合却是必然地停留在父母早就替我准备好的庇护所。

在上海一待就是八年。这些年发生的好些事我怎么都想不起来。昨天夜里和一群好朋友诉苦，抱怨写书的字数要求让我肠枯思竭，朋友们就热心地帮我出谋划策，特别提到我曾经在上海做出的成绩，甚至写过歌。他们提到的创智赢家电视栏目我是记得的，但过程中写过歌我就全然遗忘、不复记忆。令我感动的是有些朋友就把曲调哼唱给我听，还有些就不知道从网上的哪个角落搜到完整的歌词发给我，是一首写给新人的祝福，我不知道你是否能体会这样的感动，而这种能量的涟漪一定是通过爱才能传递，我身边围绕着这么多懂得分享爱的人，怎不令人动容？

《珍爱》歌词

开始相信一见钟情的童话会实现

从你第一次走进我的世界
目不转睛　连灵魂都想围绕在你的身边
一眼换一生眷恋

握你的手　在星星闪烁的夜风拂面
靠背长椅上歇着我们的并肩
一切的规矩我都愿意为你而改变
交换你一句誓言

我会宠爱你一千万再一千万遍
因为每天都感觉更多爱你一些
指环的金刚钻石闪耀着给你的世界
还想保留戒痕见证一辈子的爱恋　现在到永远

创智赢家是上海东方卫视在2005年制作的一档创业真人秀，我参加了第一季的节目，其中一集的创业项目是婚礼筹划，为了替新人留下感动的回忆，也为了证明自己能够独当一面的创业实力，我为这对新人创作了一首歌曲。我无意炫耀自己的才华，这件事的重点在于我对这段经历几乎完全没有记忆，如果不是因为和一群关心我的朋友发牢骚说我最近写作撞墙的苦恼，他们才把这事提起，让我想起被遗忘的时光，其中做的很多事情还是很值得的。现在我特别想说，爱是一种穿越时空的能力，只要你相信并且真心盼望，那些你给出的爱都会回来。朋友们听我抱怨人生也快十年了，我以为只是一场八卦话题的分享会，没想到他们用自己的方式替我记录生命的轨迹，等我准备好发现美的眼睛，在重放那些感动的片段，让我明白凡走过必留下痕迹。原来我从没失去过什么，父母亲都还在用另一种方式引领保护我，我随时都浸润在爱中。我想，用智慧和感恩继续努力，将来再和父亲见面时才能让他高兴。

我是谁

《我是谁》歌词

我出生在台北市的1966年夏末
童年玩耍的邻居女孩叫阿因跟苹果
婴仔标还有弹珠我整天握在手中
咱家的儿童乐园就是后院山坡
阿公的黑白电视六壮士每晚准时演播
还有歌星演出群星闪耀在天空

十几岁的时候搬到爱国西路念南门中学
住在傻瓜干面旁边的平房瓦楼
为了邻家的姑娘咪咪假装多情种
在院子里头养了野猫几百头

夏天知了高声唱歌的树上结满芒果
唤来台风邀请木屋共舞在雨中

诞生，成熟，亲人，朋友，梦想的天空朦朦胧胧
志向，理想，幻想，成功，相信我的未来不是梦

五年时间住在新竹念明新机械动力组
没有老妈的督促成绩满江红
更惨的是台湾话都不会说得从头学过
但是新丰街上的客家话还是一窍不通
散场电影是学长的乐团名叫木吉他
Jim Cross 的歌词我还是背得滚瓜烂熟

两年的当兵生涯我在中坜龙岗那儿度过
没去过外岛的阿兵哥日子还算轻松
没有兵变的女朋友在退伍两年后跟我分手
在电脑公司修印表机的傻小子还在做梦
三万多的工资已经相当不错
在餐厅唱歌希望哪一天能一炮而红

做歌手的五年时间赶上台湾经济长红

一首认错从南到北响起包括香港新加坡
向前走的新台北车站场景拍红了新人林强
优客李林也在售票大厅弹起吉他歌唱
那个时候一百万张专辑唱片销量不算夸张
一万两千点的股票指数让台湾钱淹脚目

诞生，成熟，亲人，朋友，梦想的天空朦朦胧胧
志向，理想，幻想，成功，相信我的未来不是梦

2000年从台北飞到北京为了生活发愁
打的穿过长安大街看见父亲提过的会宾楼
上半辈子他生活的土地轮到现在的我走
相同的却是我们都离开了儿时的梦
志炫的单身情歌在北京满大街地播
而我一个人在寻思自己究竟哪里做错

本地的朋友常问起我台北老家的总总
说实话我真的不知道怎么回答才算适中
离乡背井奔波大江南北寻找自我的认同
和我一样的几十万台湾人在上海打工
台湾上海流浪的我们究竟谁能认同

上海版的鹿港小镇让漂流的心放声嘶吼

台北，新竹，北京，上海，梦想的天空朦朦胧胧
志向，理想，幻想，成空，是谁说我的未来不是梦

汶川地震让中国人直面生命中最真实的痛
学习心理咨询让我有能力伸出援助的手
失去所有的孩子们努力拼凑重新开始的梦
他们陪伴我一起告别旧梦找回动力向前走
生命的意义不是叹息过去失去了的所有
自怜自艾换不来一丝未来美好的成就

十年之后重新翻出这首歌的我已经大大不同
不再逃避过去明白一切现行都是因果
放下自以为的流浪基因开始脚踏实地生活
告别一个李骥的孤独相信有梦有朋友
浮云游子扬帆归航乘着故乡的风
迷失的心再一次属于自我

台北，新竹，北京，上海，梦想的天空万里晴空
志向，理想，智慧，看透，相信我的未来不是梦

在这么多篇文章中，这是我头一篇将歌词展开在文章的起头，对我而言这一首尚未杀青便超过一千多字的歌词已经很完整地呈现了我大半辈子的故事，就这一首歌词前后反复写了几十年，大致上把我前三分之二的人生做了概括。开始创作这首歌词的时候我完全不可能想到会用在一本关于自己故事的书里，令人不得不相信这就是缘起法则。生命中每一件事情终将和另一件看似无关的事情互为因果，但对我而言，那个永恒不变的问题，就是我是谁。

兄弟姐妹四个人分享父母的关爱，已经偶尔让我们觉得被爱得不够多，而具足孝子心的母亲在我十岁之前还得给长期卧床、生活不能自理的外婆照料起居，对我而言，母亲的孝行虽然铭刻在心，但多少也存在私心的抱怨。疲惫的母亲仅仅应付生活琐事就用尽了一整天的时间，无暇考虑陪伴孩子们，而缺乏情感交流的我们只能从游戏中寻求爱的替代，所以在妈妈领着我们到外婆家之后，孩子们就是在外疯玩。那个时候外婆家地处市区内相对偏僻的区域，距离外婆家不远的地方有一个被孩子们称作“后山坡”的地方，实际上是一座荒了的坟，以孩子的步伐绕这个坟头一圈也得一两分钟，估计曾经是当地望族的祖坟，只是我们踏上的时候已经荒芜一片，所以我们才把这个地方喊作后山坡。在后山坡能玩的游戏不外捉迷藏和抓蚂蚱，但是孩子怎么都玩不腻，记得每次回家才知道自己多野，穿着学校制服短裤的腿上拉了一条一条的口子，洗澡都不能碰水，每次都得挨妈妈教训，不过教训尽管教训，只要到了外婆家，我们绝不会老实待在屋里，肯定找几个邻居就跑去后山坡，我们知道照顾外婆的妈妈不会管。台湾一直是多元文化的集合地，从孩子们的小名就可以看出：小时候我有个很洋气的名字叫做大卫；我的表弟则叫小强，虽然他的名字里并没有“强”字，可能是当年舅舅舅妈希望他长得身强体壮，估计现在他肯定不乐意别人这么喊他；表妹的小名是阿囡，是上海话发音“A-Ner”、“小女儿”的意思，因为外婆是从宁波迁来台湾的；邻居本省家庭的小女孩小名是林檎“Lin-Gok”，是日语中“苹果”的意思。所以当年的后山坡游戏，也是文化的融合，对孩子来说，从来不问你从哪里来，既然来了就牵手一起，那个大大的后山坡永远足够分享爱。年少时虽然勉强理解母亲持家的辛苦，却从来没有想过为她分担，只是抱怨被忽视而在游戏中寻求补偿。

爱国西路的大院积累了十年的青春岁月，很多创作的种子都在这个阶段萌芽，当然大部分是青涩的恋情，却少了对场景的描述。这个地方是公家的宿舍，入住的原因是家计的考虑，四个孩子沉重的生活教育费用让父母必须量入为出，而经济的公家宿舍自然是不错的选择。这些两户相连的两层木造建筑，应该是日本人占领期间建造的，在台湾光复后转交给国民政府，最后编派成为银行的员工宿舍，所以等到我们入住的时候，估计屋龄已经和妈妈的岁数相当，几乎称得上是古迹了。在台湾住这样的建筑有很特别的经验，只要强度超过一定等级的台风登陆台湾北部，晚上睡觉的时候我就特别喜欢背贴在墙壁上，你真的会感受到整个屋子结构在风势的推动下弯曲，像是和着风的节奏在扭腰摆臀。孩子的想象力将这段经历很童趣地保留下来，但是我估计爸妈对这样的状况一定开心不起来，如果不是养活我们花费得太多，他们一定早就搬到相对安全的屋子，不会在这里留这么久。然而也因为这样的机缘，我们才有机会在城市中相对幽静的环境生活，伴随着花草、野猫和一群来自不同地区的孩子们。在那个大院生活的日子，让我们脱离了每天在狭小公寓的起居，结识了另一群家庭背景相当、年龄兴趣相仿的邻居，只是我看到的却还是他们拥有我所缺少的，“我是谁”还不成为具体的问题，因为我还忙着在幻想的世界扮演着我自以为的角色，或许“我不是谁”才是我最希望的。

考上明新工专可能让父母松了一口气，当孩子们逐渐成长，小家庭的宿舍空间已显局促。于是从十五岁起我开始离家独立生活。我完全赞同送孩子到寄宿学校就读，因为很多事情对一直在父母庇护下的孩子而言是不可思议的，比如被单如果不换洗就会发臭。千万不要笑话我，这真的会发生，住校第一个学期，我的枕头套一次都没有换洗过，直到学期末需要将被单带回家清洗而拆下的那一刻，我才意识到四个月不换洗枕头套会出现什么样的结果……我不形容，也指望读者不必想象，男生宿舍五味杂陈的原因恐怕您也可以从这件事一窥究竟了。当然除了学会生活自理，住宿五年最大的收获自然是弹吉他和学会各种钢杯料理，钢杯的法定用途是刷牙漱口的盛水口杯，到了晚上它经常被用来泡制方便面。八十年代方便面不但口味比较单一，也没有一次性的碗，所以一包包的方便面非得有什么容器才能盛装，因此钢杯成为方便面最好的搭档。有些生意头脑的同学会先采购一两箱方便面藏在床下，等晚自习结束到寝室熄灯之前，逐户加价兜售，只要有一间寝室有一个人开始泡面，那种诱人的香味很快能传遍一整层楼，自然引起那些嘴馋人的食欲，所以销售成绩特别好。印象中学校低年级的宿舍只提供床和衣柜，没有提供热水，也没有电插头可以烧水，但学生都有办法，通过房间灯光开关的电源接线偷电，用俗称电汤匙的电热器具烧水，再冲泡钢杯里的方便面。现在想想十分有趣，也实在惭愧，小小年纪没想着怎么认真读书，都用心在偷电煮面上了，恐怕那几年没少往肚子里吞进这些营养不良的食品，也没少花父母的零用钱。

至于学吉他，绝对是成长过程中意外的收获。我是一个各方面都表现一般的学生，唯独吉他是我在进明新工专之前就偷拿大姐的吉他自己练过的，所以进了学校挑选社团，我首先就选择了吉他社，也因为看起来有些受人瞩目，第二年就当了吉他社社长。当年练吉他基本从Jim Cross的歌曲入手，一方面他是知名的民谣音乐大师，另一方面也是他的歌很多都被前辈采好了吉他谱，不需要自己从头边听边练，所以弹奏这些歌曲算是民谣吉他练习者从入门到进阶的必须。锻炼指法是反复练习的目的，但重复多了，这些旋律也逐渐对自己的音乐审美造成影响，于是日后不少创作都保留了这位大师的音乐风格，我不确定受这样的影响是好还是不好，不过当时的我没想这么多，我并不知道自己真的要什么，只能借着别人的掌声和羡慕的眼神成为我继续弹吉他的动力，最终和同行一起走进流行音乐的领域。进入青春期，“我是谁”的自问自答开始以对未来的尝试与探索出现，住校的独立、音乐的发挥还有回不完的情书，我开始发现自己有机会把幻想中的完美在真实世界实践，于是我开始定位自己，朝着名利的方向前进。

借用雷军的名言“站在风口上猪都会飞”，后来的我能够有些成就，很大的原因和台湾经济起飞的大环境有关，只是很长时间我觉得是理所当然的。退伍之后我在电脑公司的工作一直很顺利，工资收入也水涨船高，我没有因此满足，成为父母期待朝九晚五的上班族，反而一心期待自己音乐的梦想能够实现。“优客李林”发片的第一年我也没有放弃电脑公司的工作，尽可能维持上班，遇到排不开的通告再向公司请假，在我的内心，当年一直没有真的认可艺人的工作，所以总想保有原来的一份稳定。一直到第二张专辑《黄丝带》的制作，需要飞到美国加州洛杉矶录音，公司实在无法特例给我足够的假期，这才让我下定决心离开工作了四年的电脑公司。我想那时候做什么决定，对人生最后的影响都不会有太大的不同，我们自以为有能力决定自己的未来，实际上更多的是被外境推动的不自觉，所以我随着台湾经济的上升气流爬上了高峰，然后在风停的时候摔得遍体鳞伤。

到北京的工作表面上是一次创业，实际上就是一次逃难。我想从改变外境来逃避在台湾遭遇的失意，既然心态不堪，自然也不会有什么作为，除了一团混乱之外我想不起发生过什么，大致上可以总结的就是不断地通过否定自己试图再次证明自己，所以没多久我又灰溜溜地回到台湾。这样的故事我说了无数次，迷失的十年事实上可以浓缩在转瞬之间，曾经的成就像是巨大的包袱压得我喘不过气来，那段日子我只是喘着气试着活下去而已。两年前的夏天在北京出租车上听到林志炫唱《单身情歌》，那一刻我明白他走出了属于自己的路，对他而言“优客李林”的包袱已经可以放下了，我特别为他高兴。反观自己，我曾经是那个在舞台上享受掌声的年轻人，登台的过程满足了过去对爱的渴求，以为从此就能坐享富足。只是灯光暗去、掌声停歇之后，我没来得及学会谢幕，也不能接受别人对我逐渐冷漠的目光，我还以为我是谁，其实什么也不是。

2006年是我生命中的转折点，那年我开始在上海学习心理咨询。一开始的动机纯属逃避，因为一年多前红红火火的创业出现危机，逃避的习惯又开始催促我找一个光鲜亮丽的头衔。通过心理咨询的学习结识一群愿意替人着想的同学，他们发现了我的敏感和脆弱，用耐心和陪伴接纳我不定时的情绪崩溃。心理咨询学习结束之后，正好遇上了四川汶川大地震，我们一起学习的心理咨询师小组接受了一项为期一年的针对震中学校师生灾后心理辅导工作。在地震前，汶川的青川中学有上千名师生，突如其来的大地震无情地摧毁了平静的校园，也夺走了大多数人的生命。巨变之后，全校师生仅有三十二名幸运者逃过这场劫难，其他人全被压在瓦砾堆下。看到这些年轻的生命在面对不能抵抗的大自然的灾难时，依然能从残破的废墟中站起来，勇敢面对未来的挑战时我很敬佩。在和青川学生相处的过程中，我才意识到相较于在地震后失去家庭、亲人、挚友的痛苦，我恐怕是最没有立场去讲“苦”的那个人。在他们面前，我有什么资格抱怨呢？于是这一年的辅导成了一场很特别的生命旅程。刚开始，我骄傲地认为，我是去帮助他们的救助者；然而，到了最后，我成了被帮助最多、收获最大的人。我明白了那些眼中只看到自己的人，就像这十年的我，注定要成为最痛苦的人。走进暗地只能摸索前行，那种失落无助是无比痛苦的，然而坚持得够久，你就能从黑暗中看到明灯，就算只是微光，也能照亮你的去路。那些从震区走出来的孩子们的眼睛闪烁着清亮的智慧之光，提醒我重新问自己：我是谁？

《在那遥远的地方》歌词

你是否在梦回时曾依稀见过自己孩提时的脸
想走遍全世界不懂虚伪欺骗只生活在海天之间
然后你渐渐长了智慧开始把梦想越抛越远
快乐的定位不再是笑的串联和拥抱碧海蓝天

直到有一天你找到了机会就走进现实的世界
几年的时间你卖给了金钱　用名利解释一切
你赚了一百又一百万元　握在手里却少得可怜
买虚情买假意也买不满足你少了灵魂的欲念

终于有一天你偶然遇见了另一个自己的童年
踩一双白布鞋和一张微笑的脸　赶着去环游世界
他笑着跟你说再见　童年今天跟自己诀别
少年的身后是阳光一片你却连梦都看不见

你应该大步走向前　在阳光里找回一切
I hope someday I'll go away
And live on the far of place

丁 醒觉

夜以继日甘愿系上情绪的枷锁
我以为计较争夺能换来快乐富有
吞进喉咙的却只是酸涩的苦果
……

多帮别人想

开始学习帮别人想，应该是从学习心理咨询开始的，当然出发点还是想着学会一门帮助别人的专业技能，用以提升自己的身价，一直到开始实践之后，才清楚重点不是怎么帮别人，而是换位思考替人着想。我们都太执着于自我的感受，所以对“我、我的、我以为”就熟悉得不得了，对其他人的感受和想法却经常误解、扭曲，导致我们经常用自以为好的方式帮助他人，反而因为给予的不是对方真正需要的，最后造成了伤害。当我带着高傲的优越感想要去帮助那些震区孩子的时候，我做的任何事都不能提供有效协助，直到我看到他们发自内心对生命的珍惜以及对未来的渴望，对这些孩子而言最大的帮助就是陪伴，我才真正开始修行。当然这部分只是很粗浅的认识，只能希望通过提供一些试错的经验供大家参考，或许从中还能向各位学习到什么，这样抛砖引玉就算值得了。

这几年身边的朋友经常给我善意的提醒，认为我沉溺在强烈的自我批评中，把曾经的过错都归因到自己身上，担心这样下去我可能会患抑郁症。对于朋友们的关心我真心表示感谢。我的确在为过去的不如意寻找原因，发现不论哪件事，必然有我参与的一部分业力，我希望日后都能制止所造的恶业，所以我也为不能及时为他人着想而忏悔。

最明显的例子，就是接受张怡筠博士的号召，在张博士情商夏令营连续担任十二年的讲师，这段经历见证了我生命的改变，因为心理咨询的工作是自助助人的过程。为期半年的心理咨询师培训结束后，我参加了几次不同的心理成长及咨询技术培训课程，直到2007年4月，获得张博士的邀请，参加由张怡筠博士情商工作室组织的讲师培训，开启了成为少儿情商讲师的工作。我于2001年到上海工作时，就在《大话爱情》栏目的录制过程中认识了张怡筠博士，当时张博士也刚到上海，打算在大陆推动情商教育理念。当年闲聊中的一席话，提到她正在备考本地的心理咨询师，我原本一点都不在意，毕竟当时在IT产业服务的我不可能猜得到未来也将成为心理咨询行业的一员。后来，我持续和张博士维持联系，直到她开始在上海推动少儿情商夏令营之后，又得知我完成了心理咨询师的学习，便主动提出希望我参加讲师培训。我答应参加的主要原因是给自己一个求职的机会。于是，我凑足了不低的学费，答应了张博士的邀约，开始加入情商讲师的学习。

还是和以往一样，我的小聪明加上曾经在众多跨界职场打拼的经验，让我的学习表现始终抢眼，我也自信满满地认为暑假营队的讲师团队中势必有我一席之地。当然，结果也正如我所料，因为几乎没有其他人像我一样拥有面对群众的大舞台经验，而张博士的情商夏令营正好需要具备舞台魅力的讲师，于是张博士从参加培训的情商讲师中挑选了两名进入营队，除我之外的另一位男讲师是甫从加州学习心理专业归国的研究生。

然而我们没有料到的是参加情商夏令营的学员，多半是为了满足父母的期待、配合参加以学习为主的营队，加上“情商”两字作为前缀先吸引的也属于情绪能力更需要提升的孩子，所以六十位学员的营队，由一位老师授课，课程控场绝对是讲师最重要的能力。张博士具备一种神奇的个人魅力，不论是家长或是孩子，只要张博士上台，所有人都能予以关注，但是其他老师就未必有这样的实力，很多时候三个小时的课程，学员基本撑不到三十分钟就呈现一片涣散的状态，让台上讲师承受了巨大压力。

这个过程虽然挑战，但对我来说还是可以接受的，当时我就明白，能成为站在舞台上的艺人，个人特质中多少具备一种占领舞台的欲望，具备这种企图心，很容易在舞台上展现个人魅力而吸引群众目光，所以包子老师（这是我给孩子们上课时的艺名）的课程满意度基本还是可以的。另一位熊猫老师的状态就不同了，虽然他具备充沛的心理学专业知识，却没有大课和舞台的经验，小规模成人教学的经验完全不能移植到需要开放创意的儿童营队课堂，因此第一天课程结束，张博士就特别跑来跟我说，要我从明天起接替熊猫老师的授课。或许你可以想象，专程从北京赶到上海，满怀期待地登上情商夏令营的讲台，却无法达成预期的目标铩羽而归，对一个男人而言是多么难堪的事，于是当晚我和熊猫老师促膝长谈，决定第二天还是让熊猫老师上课，我在台下随时待命接手，我以为这个决定展现了人性的关怀，但是并没有得到张博士的认同。当天她发现熊猫老师还是按照计划上台授课，很诧异地对我说："我们不是说好了请你代替他吗？"这是我和张博士正式成为工作伙伴起第一次产生冲突，我自以为对熊猫老师仁至义尽，却没有站在张博士的角度思考，她考虑的是学生学习的效果，不是老师的面子，而我却没有意识到教学本应该以学生为中心，这才擅自否定了张博士的意见。第一次的自以为是在轻描淡写的一句话之后结束，然而我好强的性格却让日后意见相左的状态逐渐演变成常态。

我不是那么习惯遵守规则的，尤其是当我看到问题，就会自以为是地换成我认为好的做法。张博士的情商夏令营有一套考虑周全的课程大纲，以及明确的讲师手册，基本上讲师只要照表上课，就能推进一堂课程，但是我总觉得这样太无聊、孩子不可能喜欢，有些内容太教条、达不到教学目标，所以开始几年，交给我承担的课程我会自由发挥，从课程内容到教学互动，采取我最熟悉、我以为最好的方法进行。课堂的氛围和学员的满意度都令我满意，但是原本需要推进的教学目标我就无暇兼顾了。我估计这么做造成了张博士不少的困扰，但是张博士基本不对我抱怨这些事情，因为她明白担任这一类营队课程的讲师体力劳动的付出很大，一整天的课程和开一场演唱会差不多，所以都是先对我观功念恩；同时每年都让工作人员带着敬意、很客气地提前和我确认上课的时间，把我当成老师般尊重，我则是维持着我行我素的态度，继续用我以为好的创意变化着上课的模式，这样独树一帜的课堂风格让我觉得自己是无法被取代的。一次情商课程结束，隔天我搭乘一早的航班从上海飞回台北，前一天的营队课程我觉得推进得很顺利，原本预期可能为了赶进度而超时的状况也没出现，我还欣喜着自己对夏令营的课程越来越上手了，这时候张博士的短信发到了我的手机上，她从工作人员那里得知我昨天课程的顺利结束，是因为我漏掉了一整个单元，所以特别发消息提醒我这件事并且让我知道其他老师会安排时间将很重要的这部分补上。收到消息，我并没有因为自己的疏失而觉得歉意或懊恼，反而心生嗔怨，认为那些助教都是张博士安排在课堂中监视讲师的间谍，于是我不顾情面地回复了一串抨击张博士的内容，把落下一个单元的全部原因归咎给内容太多、没人提醒、学员没兴趣上，而绝口不提我自作主张说多了一些表现自己讨好学员的内容，加上备课不足没有注意最后的重点段落，才会落下一段，还造成其他老师的困扰。当时我绝对是被愚痴蒙蔽了双眼，用暴怒来掩饰唯我独尊的恶行，我不考虑对一位一直提携包容我的老师这样恶语攻击会让她做何感想，而我只是赶着登上飞机、关闭手机，用我习以为常的逃避方式来处理这次的冲突。

张博士当然还是继续待我如座上宾，这是因为她拥有值得被尊敬的修为，而我也在几年的耳濡目染下，逐步通过学习明白能得到一位好老师的教诲是生命转变的要素。那些关于情商教育的所有知识，如今我能掌握运用的，无一不是受到张博士的启蒙，而张博士的情商夏令营则是将我从喜剧演员训练成优秀讲师的道场，没有这番历练，我不可能具备今天的能力。看明白这些事情之后，我对张博士的态度开始转变，意识到能得此良师的教导是多么不容易，我开始留意每一句对张博士说的话、每一条给张博士发的信息、每一次对张博士怀的感恩，就连再上情商夏令营的课程，我也尽可能完全按照教学大纲进行，我理解自己在情绪管理上还不够称职，我学着用张博士的眼光和思路看待教学的要求，我发现这反而让我收获更多。原来是我的自满蒙蔽了太多学习的机会，也让我差点错过了一直乐于助人的好老师。实践了那句金玉良言：别人尊重你，不是因为你很优秀，而是因为别人很优秀。

《多帮别人想》歌词

如果你和世界同成长
你的天空一定充满阳光
不要让伪装挡在关心朋友的前方
包容别人用你的好心肠

如果你用心帮别人想
每个明天都会充满希望
把所有封闭和冷漠的心摆在一旁
和我们一起欢唱

多帮别人想一想

记得张博士每次提到情商夏令营，总会十分感慨地说，办情商夏令营是多么辛苦、多么累的活，还要一群人天南地北奔波到上海，这么做真心不是为了赚钱，而是为了帮助孩子和父母。看到营队中可爱的天使们（我们对特别活泼的学员的昵称）开始改变，甚至几年之后做出了成绩，就是最好的回报！就是这样一颗帮别人着想的心，不但使张博士情商夏令营连续举办十二年、改善了一拨又一拨亲子之间的关系，也培养了一群愿意换位思考、为少儿情商教育奉献的老师。当然，就我而言，自诩在营队学习中收获最多，我愿意很肯定地说，一切美好的改变，来自张博士的一个发愿——多帮别人想，最终让这么多人受益，这是最值得分享的。

当然，借用自己写的这首歌作为张博士助人的写照，我个人觉得有些汗颜，毕竟这首歌在撰写之初本是充斥着商业利益思维的。台湾的夏天总是特别长，除了炽热的骄阳是暑日的象征外，夏天也是各种饮料销售的旺季，各大饮品厂商无不卯足了劲赶在暑假来临之前强推广告介绍自家产品，希望销售成绩能搭上炎夏节节高升的气温。而台湾某碳酸饮料公司在当年已经是产业龙头，又接着几年通过和唱片公司合作推出饮料的形象广告达成歌手与销售双赢的佳绩，所以接近暑假，各家唱片公司都使出浑身解数争取这家公司的广告合作，而《多帮别人想》就是当年“优客李林”和这家公司合作的广告歌。在这之前，众所周知的就是张雨生的《我的未来不是梦》，那一年在加油站拍摄的广告让这首歌红遍全台，唱片销售成绩当然水涨船高。所以当唱片公司宣布今年由“优客李林”拿下合作案时，所有人都觉得这张专辑的成绩肯定会超过《认错》，这首歌也会成为“优客李林”的另一首代表作。写一首三十秒得唱完的歌（当年电视台广告播出最长不能超过三十秒）这可是难倒我了，在这之前我的创作都是苦情的宣泄，没有人会在痛苦呻吟之前先给自己设定一个哭喊的节奏，规定哭几秒就得停下来，这样似乎太不人道了。我一向比较愿意配合公司政策的执行，但是写歌这事情绝不是像拧开自来水龙头这样轻易，所以没有灵感的我也只能一天两天、一周两周地赖着，企划专员有截稿压力，整天电话催着我要歌，不留给我喘息的机会。到最后，只能拿着简单的MIDI编辑器，设定好总长三十秒，用一个欢快的节拍、每分钟一百二十拍，然后按下录音键，让节拍器的嘀嗒声不停地在我耳机里反复，再随意按着键盘，寻找可能的和弦组合，接着随意乱哼可以配合的旋律，最后再依着企划专员的方向填入歌词。于是，这首歌的诞生完全反转我的创作习惯：先写词、后谱曲再定和弦，这么做是第一次，到目前也是唯一的一次。

不像张雨生的歌《我的未来不是梦》，广告版本用的是副歌反复的旋律，《多帮别人想》的诞生就是被设定为三十秒的广告内容衬托，所以《我的未来不是梦》在广告强播结束后延续了下来，成为独立的一首流行歌曲，到现在记得的人还很多；而《多帮别人想》就随着广告结束也淡出观众的记忆，只有少数人知道这是“优客李林”专辑中的一首创作。虽然唱片企划专员一直怂恿我把这首歌加上主歌部分，用更完整的曲风收录在专辑之中，但我当时并没有这么做，或许并不是我不想，而是一首企图太明显的广告歌很难通过重新编曲制作而得到重生，它的初心就不够丰富，加上我自己创作的局限，最终可惜了一次行销企划的合作案。或许现在的我在放下了那些名利的包袱之后，可以试试看一起和这首歌浴火重生?

《多帮别人想》(张博士版)歌词

是你给了我希望
在我生命最黑暗的时光
指引我的方向
用你的方法治愈我的情伤
包容我的张狂
肯定我所有天马行空的主张
让我重燃梦想
给我一双翅膀和你并肩飞翔
(和你并肩　多帮别人想一想)

我曾经让你心伤
否定你总是替人着想的善良
我也曾走向远方
不承认在你身边学会了成长
而你不曾停止盼望
留一扇门永远对我开放

你永远是我的师长
今生来世我们永远不相忘
（来世今生　多帮别人想一想）

我能够再度起航不怕风浪
是你的真心启发了我生命的力量

只要我用心帮别人想
风雨过后一定追上阳光
不会再伪装自己不在乎你怎么想
祈望拥有和你一样的好心肠

只要我用心帮别人想
每个明天都会拥有希望
把所有封闭和冷漠的心摆在一旁
让我们一起欢唱

多帮别人想一想

这首歌献给教我学会多帮别人想的张怡筠博士。

2066

在杂念中惊醒，翻身在黑暗中搜寻，点亮了闹钟指针才走到两点十七。刚睡去的刹那我却被自己叫醒，那是一种耳畔挥之不去的哭喊，缺乏节奏的旋律却让我明白歌词的意义：你不值得拥有生命！夜里冷风吹透二十层楼窗缝，再怎么努力闭上眼睛也于事无补，透明的皮肤看穿我穷途末路的悲惨命运。扯开窗门风就肆无忌惮地冲，绕过本来就冷漠的家具到我耳边怒吼：跳下去吧跨过那矮矮的窗垣，你还能享受一秒多自由地在天地间翱翔……

我不善于假想，曾经写过几段歌词都是真实情感的伤痕，一首《认错》让我成为众所瞩目的明星，这是我始料未及的。一夕成名可能是许多人的梦想，一定有人认为我用不幸来形容这个成就是自诩清高，然而这是我真实的想法：如果没有让我站上人生的高峰，也许就不会有漫长的十几年，白天需要背负着曾经的光环包袱，夜里还得承受失眠的痛苦，这样的过程对任何人来说都是极端的煎熬，如果有智慧，谁都不会想让自己陷入如此深渊。

考虑往流行音乐界发展的初衷并不太高尚，只是为了期待能被更多人喜欢。从小因为性格内向，也不善学习，在任何团体中永远只能担任跟班打杂的角色，老师同学也很少记得曾经和这样一个不起眼的男孩相处过，所以我特别期待能被很多人欣赏。虽然内心的祈愿很强，但是自己所做的努力却不太多，唯一算是投入锻炼的就是初中时期偷用姐姐的吉他学习弹唱当时流行的民歌，以及偷拿姐姐的信纸写大篇大篇的情书追求学校女生。因此，进入五专住校读书之际，我的社团活动就是参加吉他社并表现不凡；上课写情书下课寄信，每天都能和不同学校的女同学鱼雁传书，令同学羡慕。现在想想，这都是年少无知发了愿种了因，后来才让我稍稍懂得写歌谱曲，有机会将自己的作品公之于世。

1991年发行《认错》专辑，对于两个已经二十五岁且拥有相对稳定工作的大男孩来说，真心认为到这一刻就圆满了：该努力的我们都做了，该有的成绩也足够令我们满足了，我们会继续过着原本父母亲给我们安排的生活。万万没想到的是这一张专辑大卖，我们突然成为家喻户晓的明星，这真的让人不知所措。二十五年以来，我一直活在没有目光焦点的角落，一直追求能被多一些人关注，所以我从来没有学过如何当个公众人物，更没有被训练过如何站在投射灯聚焦的舞台上表演。被赶鸭子上架成为艺人，最可怕的就是自我的膨胀，原本渺小的“你”突然不见了，成为看似无所不能颐指气使的某人，身边的人都对你投以赞美的微笑，你真的感觉世界是绕着你而转。从那一刻起，我走上了看似风光潇洒实则万劫不复的轮回道路。

人生不如意十之八九，而每次走在抉择的十字路口，我总会往痛苦最多的方向拐去，虽然当时有种大义凛然的风范，然而内心的煎熬却很难说的出口。五年的流行音乐工作在组合的解散记者会上告终，随后推出的一张销售量极差的个人专辑，成为我舞台生涯的败笔。快速攀登巅峰的快感之后，开始面对漫长下坡的惩罚，我真的努力尝试摆脱宿命的各种方法，每一次我都再给自己设定一个目标，比如读书、创业、转行，而每一次我都很快做出一些成绩，接着又开始面对看似无止境的事业滑坡，而更令人难堪的，是每一次转换跑道想要重新开始，依然还得面对看似关怀的问候：你不是那个歌手吗？现在怎么不唱歌了？每一次面对这些善意的提问，都让我想挖个坑藏起来。所以我每一次的转业，考虑的不是我能做什么或我想做什么，而是做什么能看起来光鲜亮丽、领先潮流，而背后就是逃避，尤其是不去面对曾经的辉煌。每两年我总要彻底换一个工作，除了逃避昔日的成就，也逃避即将到来的下行状态，这样就不会有人发现我的无助和无力。

从某个层面而言，我还是做到了，在不明就里的他人眼中，我不但在华人流行音乐史上留下记录，同时也很聪明，出版了十几本著作、拿到两个硕士学位，在信息及网络产业也多次创业，而每一次规划的理念都是领先业界的。只是实际上的我自我感觉差到了极点，不但因为恣意挥霍败光了先前积累的些许财富，担心被人看穿自己的无能而如惊弓之鸟到处躲藏；白天需要装扮得人模人样渴求寥寥可数的掌声，夜里需要依赖酒精麻痹自己不能入眠的恐惧。

我想我还是有善根的，在自甘堕落的十年之后，我遇到了我的妻子郑竟芳，与其说感谢，更多是愧对于她。如果不是她不顾家人反对勇敢牵起我的手，恐怕我此生都不能拥有一个完整的家。几年前我曾经偷偷为她写过一首歌，如果适合，希望它能传达我的爱、谢意和歉意：

《2066》歌词

年纪已经不小了，刚认识你的时候也已经四十好几
若不是在两年前曾经祈祷能否女朋友是一朵花的年纪
也没这个福气在你整二十的那个十月办好了结婚登记

那时候我还不定，该断不断的藕断丝连剪得不够干净
牵手的决定让你的我的所有亲朋好友都跌破眼镜
还得感谢岳父母当时坚决不同意才让你赌气会来我这里

仨人共同生活的决定就像是临时起意

做了多好的准备我自己都相当怀疑

就有一件事至今我依然十分肯定

你是我唯一的爱人有效期到2066年底

儿子还没出世，名字已经按照家谱传续叫做家齐

跟着你姓或许是岳父大人勉强同意婚事的原因之一

第一次感觉从未谋面却心灵相契生命的神奇

后来辛苦你了，怀着家齐开始东奔西走几千里

跨过浅浅海峡来到彼岸开始在婆家生活居起

想起来都觉得佩服得五体投地你能有这样的勇气

开始闹矛盾，估计是所有冷眼旁观别人早就料定

四十几岁的男人幼稚的脾气和二十啷当的你逞强赌气

不确定泪水的目的是思想的情绪还是后悔我们在一起

认识见面结婚生子一路进度都赶紧

对你的爱却朝朝夕夕慢慢地累积

过去来不及完成的事我都记在心里

未来才有理由一桩桩陪你一起

一次结婚登记，来年我们台北上海办了两场婚礼
许许多多带来祝福的嘉宾就是少了岳父母观礼
虽然小小满足了你的心愿却还是留下了惋惜

那几年的工作不定，南征北讨偶尔也得带着家人一起
加上佳恩呱呱坠地父亲养家糊口的责任就更加坚定
于是台北、上海、北京、新竹都留下了我们生活的缩影

渐渐我理解，忍受孤独仅仅是自己几十年养成的习性
离家几千里在陌生城市的你生命中只有我、佳恩和家齐
陪你走出去成了这段时间我们共同的生活中心

后来我们一起关注的话题每一次都是你比我更早开始学习
看着你越来越成熟的智慧模样总是让我心旷神怡
原本前前后后凌乱的脚步现在能够牵手并肩行

或许这才是该我完成这首曾经许过你愿望歌曲的时机
当爱从彼此要求走到相互明了自在的给与
我们才开始明白，爱你就是爱自己

接下来生活的辛苦事儿多少还将面临
内心的争斗外界的诱惑也不容小觑
我会每天吃斋念佛将功德回向你
愿你成佛成就圆满究竟

生命中另外一位贵人是我家二姐李琳，更确切地说，也是值得尊敬的李琳师姐。这几年二姐给我的印象和儿时不大相同，也或许是小时候我就比较孤僻，所以没有好好认识两位姐姐和弟弟，总之，从我成家返台之后，我觉得二姐变得比较健谈，也更愿意倾听了。记得四年前有一次二姐主动约我和竟芳午餐，用餐时二姐建议我参加一个生命成长营队，这个突然的提议让我有些诧异：二姐？你是说让我参加营队当学生吗？你可能不知道我在大陆就是做各种营队的授课老师，你觉得我需要参加吗？我想你们应该考虑请我去当老师帮你们上课才对吧？当时我一点没有考虑为什么二姐要专程创造一个见面的机会，又好心地介绍一个生命成长课程给我，我只是习惯性地对别人的善意做出防御性的响应，维持孤芳自赏的高傲。当然那一次我没有报名，当时我真觉得自己绝无可能参加这样的营队课程，尤其在我不顾情面很直白地回绝了二姐的好意，我想二姐也不会再提起这件事了吧？没想到二姐真的变了，第二年、第三年她持续向我建议参加这个团体的各种营队，包括企业营、卓青营和教师营，而我依然继续以种种苍白无力的理由拒绝，直到最后二姐直截了当地说：已经帮我报好名了，甚至不劳我动手；而且帮我找好卓有分量的介绍人，我一定能录取成为学员；营队时间正好在春节假期结束的最后一天开始，时间上一定没问题。面对二姐这么完善的“安排”，加上我在潦倒的时候曾经受过二姐一家的接济，这下我真没有理由拒绝了。那年二月在中兴大学的教师生命成长营，竟成为我人生起伏的最大转折点。

我是抱着无奈、被骗和打混的心态走进营队的，没有做任何前期准备。只是营队经验丰富如我，还是给进入校园的种种场景震撼了：游览车刚开进校园停靠，就看到一群身着黄背心的年轻人大声唱着欢迎歌，并且争先恐后地协助下车的学员提行李、带方向；而这群年轻人后来也出现在每一次学员从教室到餐厅的路上，用一样热情的身段对着我们大声地唱着欢迎歌。或许震撼不是最确切的形容，那种感受是从最初的“惊恐”到后来的“感动”，终于明白营队的每个人追求的是利他共好的十善世界而愿意敞开心胸接纳真心的改变。尤其当我惊讶于一千两百多人的营队是如何承办的，大会竟然宣布了一个更令人吃惊的数字：参与营队服务的志工人数竟然达到三千多人！不符合经济效益的人力配置，出现在一个不需付费的营队，而服务人员不但义务劳动，还能保持一颗积极关怀他人的心。我开始好奇是什么力量凝聚这群人的心，这个团体背后的信念是什么？如果有，我想学。

营队的课程从辅导员、志工、讲师、课程内容及活动中逐次给了我答案：我一向是无法融入团体的，最多我可以为骗取掌声而假装积极，当然我也就不在乎谁认识谁。只是我在辅导员身上看到了和自己截然不同的德行，他们会在每天小组分享时间精心准备，记住每一位学员一天学习的优点，看见我们都忽略的善行。课程从日常的生活展开，让学员很快融入生命的节奏，开始思考生命的意义。记得在慈心理念中，那位老和尚讲到一句经典“毋以善小而不为，毋以恶小而为之”，原来不用农药、不用化肥的蔬菜，看似是为了我们消费者好，而背后更多的是为了农民、大地、生态环境好，只要我能接受一个看起来不是那么完美、因为没有喷洒农药化肥而有些自然缺憾的蔬菜。我从没想过买菜的时候挑选完美无瑕就是恶小而为，这不但让农民为了蔬菜能卖出好价钱而不顾自身健康过量喷洒农药，也让虫鸟生态因为我小小的贪而受到伤害破坏，最后我失去的是整个地球。这就像我曾经认为自己的苦是不公平，是别人加害于我的，而没发现这些苦果来自一个自己小小的恶行。我深受启发，这辈子我一直没有想过应该从小善而为。我意识到，这位老和尚拥有不可思议的智慧，在他的带领下，才有这一群发心助人的团体帮助我们学习。于是，我下定决心，要改变自己，首先，我要向老和尚学习。

想清楚之后，小善而为就容易得多。我开始愿意和热情的营队志工眼神交流；在无尽灯之夜发愿承事老和尚志业；在离开营队的那一刻开始吃素；带着从营队收获的领悟回到职场继续学习。第一个改变是我开始不只是为了自己而活，这是一个比较细微却很奇妙的改变。曾经站在舞台上的我看似一直在逃避艺人的身份，实际上内心从来没有放弃以自己为中心的思考模式：得到肯定是自己的价值，失去掌声是别人的怨怼。从营队归来，我慢慢懂得将智者的想法放在我的心里，虽然做不到随时随地用智慧来考虑问题，但最少懂得开始为生命计划较为长远的目标。于是我结束了在上海的工作，但我却没有以往的焦虑，我明白善因总会结出硕果。营队结束一年半之后，我进入团体的善法行业服务，我真的如愿以偿开始承事老和尚的志业，用自己的能力做帮助他人的事，若不是二姐坚持拉着我，恐怕我依然会和这些美好的改变擦身而过。然而更神奇的是几年后发生在自己身上、生死转瞬的事。

仿佛匕首冷直地插入胸口，倏地，我从睡梦中惊醒……

那天凌晨一点三刻，在上海开往北京的火车上，我被持续强烈的胸痛惊醒，那一刻任谁都会明白，是大限将至。我是个好强、自诩永远活在青春期的半百老头，才羡慕学长李宗盛在五十啷当还写了首歌，登上了山丘的巅峰，而自己却在生日前十天，在十二个小时的深夜火车上遇上了心肌梗塞。人大概都没什么出息，死亡将至第一个浮现的念头恐怕只有不舍，不知所措的我想到的就是和另一半交代那些我一直没说清楚的账本。“要是没了我，老婆孩子该怎么过?”飞驰的列车与午夜黝黑的空气摩擦着，伴随铁轨间隙安排的固定节拍，火车卧铺绝没有住家床褥的安静，但那一刻我是聋了，只剩下自己的心跳声……

在突发心肌梗塞之前，我已经茹素三年半，很多人觉得我这么做是为了养生，实际上我是为了效仿在营队认识的老和尚而做的小小改变。如果考虑到自己过去无肉不欢，总是熬夜酗酒，加上长年不在意的高血压，那么心血管疾病找上我自然是迟早的事。虽然我一直以为自己身体状况不差，又能浪子回头开始清淡饮食，自己应该不会成为这一疾病的受害者。所以当天夜里突发心痛，一开始我并不清楚究竟是不是心脏疾病，这才坚持了一整晚，等火车抵达北京南站，我把原定在北京的工作完成之后，才答应同事到医院检查。医生得知我在二十个钟头之前就有初期症状却没立刻就医表示十分不理解，也对我能撑这么长时间还能站直走进医院表示特别惊讶，后来我才知道很多心肌梗塞的患者从发病开始没能坚持超过三十分钟，我却上海北京绕了二十个钟头，这绝对是个特例。身为当事人，我明白这个时候发病是老天对我的眷顾，曾经纵欲酒肉的恶业当然会回到自己身上，只是老天推迟了几年的时间，让我有机会忏悔，用一个少了十斤体脂的身躯迎击生命的挑战，才让我苟延残喘保住性命。没有二姐三年盯着我参加营队学习、没有从老和尚的慈心理念感化，恐怕我的故事已经结束在上海往北京动车上的那一夜了。所以有些小善真得及时做，而有些小恶也得当下断，因为我们不知道还有没有明天可以让我们后悔。

I love you forever more

说起我的妈妈，还得从近代中国动乱变迁的大环境开始。外婆算是浙江宁波望族之后，否则不可能以文员的身份跟随国民党政府在抗日及内战的几年四处迁徙，不确定的年代让外婆带着妈妈和刚出生的舅舅离开了爱人、离了家。她们首先西行到了江西赣南，路程中的艰辛，通过妈妈偶尔的怨叹才让我得知。往赣南的路上需要横渡鄱阳湖，当时舟少人多，每艘船挤满了人，据妈妈的描述，湖上不止有风浪，还有体形巨大的湖兽，一个跃身就能拍翻一艘渡轮，外婆和她是有多幸运才到的彼岸。我不理解能撞沉渡轮的生物该有多大，但我确定在一个只有几岁女孩的心里，离家逃难的不确定就像面对随时会吞噬未来的怪兽，心里的紧张焦虑十分巨大。妈妈说当时外婆差点不要她，因为逃难的过程中妈妈浑身长满了像鱼鳞一样的癣，怎么样也治不好，幸运的是碰上了仙人，给了一味草药方，连续抹了几天才好转，妈妈觉得身上长的鱼鳞癣是碰到湖兽身上的鳞片才感染的，这让她既疼且怕。当然皮癣是过敏引发的皮肤炎症，加上妈妈也有哮喘的毛病，应该和鄱阳湖的怪兽没有关联，多重原因引发了过敏反应，最后还落下了病根，这才是妈妈叙述故事的本源。

妈妈是长女，出生后没两年便有了弟弟，在中国传统的家庭观念中，肯定特别珍贵小儿子。在行动上，妈妈绝对符合传统女性的贤淑德行，记忆中外婆的大小事几乎都是妈妈亲手操持的，很少听到妈妈的抱怨。偶尔妈妈会说起过往，从故事陈述的蛛丝马迹中，还是能发现她内心一丝丝的不认命。父母结婚是来台定居将近十年之后，当年外婆一路辗转奔波才来到台湾，跟着的妈妈和舅舅也还年幼，在外婆的安排下他们抵台后双双进入小学就读。妈妈当年的学习不差、热爱文学，却因为必须照料因意外跌伤而卧床的外婆才放弃高中的学业。十几岁的年纪，妈妈一个人要照料全家起居，光是生火做饭就是不小的挑战，当年烧饭就和农村的大灶一样需要起火烧柴，厨房里充斥着灰烟、油烟，妈妈总说自己的哮喘是吸进了太多的污气才引发的，因为她在厨房里忙活着，从十几岁到二十几岁，几乎都穿梭在柴米油盐的雾霾之中，一直到外婆和后来的外公想起，妈妈年纪不轻了，才安排给她相了亲。

之所以说我的外公是后来的，只是为了让读故事的你明白，政治上的对峙造成情感联系上的分割，尤其发生在我们这一群在台湾被归类为外省人的家庭。外婆从来不知道当年以为的暂别离家会成为一去无回的不归路，最后终老异乡也不知魂归何处。孤儿寡女来到台湾，外婆的心慌也是可想而知的，这时候外公的追求恐怕是心灵上仅有的慰藉，因此妈妈有了后爹，而我们有了外公。父亲是这位外公在银行工作的同事，父母的相识是在妈妈二十八岁那一年，在那个年代，这个岁数已经是大龄，如果不是条件特殊，谁家的黄花闺女都早就凤凰于归了，所以为了尽孝错过婚期的妈妈很快应许这门婚事。妈妈常说那时候很多人上门求亲，是她看上父亲英俊的外形才决定下嫁，然而面对一位年龄相差二十二岁、过往家世又一片空白的大叔，妈妈当时做出的决定绝对需要相当大的勇气，或许其中一部分原因也来自想要离开那个让她饱受苦难的家。

一无所有的父亲和妈妈刚结婚那几年还住在外婆家里。父亲到了这个岁数依然阮囊羞涩，虽然一部分的原因是担任公务人员工资不高，更重要的是因为父亲风流的个性，早年曾经的家底已经挥霍殆尽，只能从这次的成家开始重头积累，之后几年在妈妈督促下省吃俭用，攒了一笔钱，再利用银行职工的贷款，在外面买了套小公寓，妈妈总算完成独立生活的心愿，在良辰吉时离开了外婆家，住进了属于自己的小小蜗居。只是后续的生活并不理想，在妈妈结婚之后，舅舅很快也娶了媳妇成了家，既然家业要留给舅舅，虽然只有一幢两层楼房，但这也意味着长子需要负担照顾长辈的义务，我想妈妈对弟媳妇的加入还是抱持期待的。只是当年舅舅选择从军，是一名职业军人，经常不在家，让舅妈一个人面对生活不能自理的婆婆，那种日子也不能说有多美满。当妈妈还住在外婆家的时候，妯娌至少还能相互关照，家事整理和老人照料都还能有个帮手，这样的生活也还能凑合，等到妈妈搬出了外婆家，现实的问题立马被放大，原本说流利闽南语的舅妈整天面对需要用宁波话沟通、样样得侍奉的婆婆，那种纠结的心情可想而知。于是各种矛盾冲突不时产生，让选择离开的妈妈最终还得回头照顾外婆，开始在两个家之间来回奔波。

我相信外婆的脾气是暴躁的，刚来到陌生的环境、刚开始对新生活有所期待，就因为一次意外再也不能离床，就算思念故乡却怎么也回不去，被禁锢在身躯中的孤单灵魂是痛苦的，当然也需要借着生活上的琐事发泄。妈妈从小熟悉了外婆的个性，当了二十八年的长女也习惯了服侍，所以外婆是习惯看到妈妈在床前的，以至于有些事情并不是别人没做好。然而除了妈妈，没有谁跟着外婆翻山越岭，没有人能明白她们之间相依为命的艰难。这些日子虽然苦、虽然难，妈妈还是尽心尽力地做；内心深处虽然也有抱怨，妈妈依然尽到做孝女的义务。一直到我就读小学四年级那一年外婆撒手西归，妈妈一辈子替外婆担的心才算放下了。

我的创作多半来自情感的失意，很少能在事先命题的状况下写好一首歌，不过为了妈妈的母亲节礼物，我还真完成了一首写给她的歌，我以为算是比较圆满地完成。这首歌的缘起是来自台湾当年的一档综艺节目《小燕有约》的邀约，在母亲节当晚的直播节目演唱一首写给母亲的创作歌曲。确定这个通告是在节目要直播前一周，这表示我只有几天的时间就得完成创作，这比《多帮别人想》给得时间更短。我想当时我和唱片公司一定都为了争取在这个黄金八点档的栏目中播出一首单歌的机会而闹失心疯，竟然接受了看似不可能的任务。能写完这首歌真得感谢我妈妈，她一年之中最不喜欢的节日就是母亲节，只要听到电视播放慈母颂，她不是转台就会关掉电视，外婆在她心目中的分量一辈子不可取代，所以写一首歌当成礼物在母亲节送给妈妈成了既省钱又独特、性价比特高的美事，当然让我更有动力。同时也因为歌词中的描述是真实的，一向成绩不好的我，学期末拿成绩单回家是不可能不挨揍的。印象中唯一一次逃过惩罚的经历是我把成绩单带回家之前，偷偷拿圆珠笔把成绩单上原本的红字描成蓝色的，才让妈妈甘愿在成绩单上签字还没打我，不过这顿打最终没有逃过。开学前我重新拿出成绩单、打算在返校日缴回的时候，妈妈很仔细地把我的成绩单看了个遍，当然发现了蛛丝马迹，速速把我喊过去、狠狠把我揍了一通，这件事估计我一辈子都不能忘记。早餐则是另一件让我毕生难忘的糗事。每天得整四个孩子去上学，妈妈一早能准备的早餐就是冲泡牛奶和一个煮得半生半熟的水煮蛋，一般我们得在清晨六点前出门赶头班公交，从这个时间点倒推回去，可以预想我妈得好早起床给我们张罗吃的。为什么我对早餐印象特别深刻？由于妈妈的体质，孩子们都遗传了过敏的基因，尤其小时候的我肠胃一向不灵，每天吃完鸡蛋牛奶，刚上公交我的肚子就开始闹腾，更惊悚的是从住家到学校，我们每天得换两趟公交、行进一个半钟头的时间才能抵达学校，所以我不爱上学的原因之一就是每天得强忍着闹肚子坚持将近一百分钟，你说这样的事我能忘得干净吗？所以写这首送给妈妈作为母亲节礼物的歌还算完成得比较快，写好后还得应电视台的要求藏着没让她知道，直到当天电视台派了专车邀请妈妈上直播间，她才第一次听到儿子在台上唱专属于她的母亲节歌曲，当时妈妈的心肯定乐开了花吧。

《I love you forever more》歌词

从来就不知道她究竟是几点起床的
反正早餐总会出现在我起床三十分钟的时候
不记得做过什么事情叫她高兴得忘记烦忧
但是每次拿到成绩单我就知道回去一定挨揍

每年总有一天她不爱坐在电视前面享受

是因为怕听到太多人次唱慈母颂会想起外婆
而剩下的三百六十四天里她过得也不轻松
担心他的宝贝儿子我是不是又在外面闯祸

所以我下定决心要让她幸福快乐
第一件事情就是不在母亲节对她唱慈母颂

用我藏在内心所有的感谢写一首属于她的歌
把忘记告诉她的爱也毫不保留
再用她赐给我全世界唯一的歌喉对她说
I love you forever more

这首写给妈妈的歌除了收录在专辑之外，我只唱给她听过两次，头一次是在这个直播电视栏目的舞台上，再一次是在她过世后的追思礼拜教堂中。

原生家庭对孩子情绪的影响是毋庸置疑的，只是在我身上显现的，多半不是言行举止的重现而是情绪模式的复制。不知道从什么时候开始，我有了想要离家的心愿，好像远走高飞就能把家里一切烦心事搁在一边不管不顾；认识妻子的事我从来没有和家人打招呼，我和妻子的年龄差距与父母年龄差距一样；前半生的风流倜傥让我和父亲一样青春虚掷，能够成家都得感谢另一半的勇气和决心，到现在我才发现，自己和他原来那么相似。我明明是优秀的心理咨询师，总能深刻觉察来访者的潜意识，而我却太晚发现妈妈的心事，原来那些一直没有完成的梦想、一直放在心里的担心才是让她最后几年不能开口说话的原因。音乐工作结束后我到大陆流浪十年，从一开始觉得不能得到家人的认同而怨怼妈妈到后来当自己为人夫、为人父，我才逐渐理解妈妈为我操的心，愿意重新回到她的身边。妈妈不是特别习惯对我说过去的事，或许是因为我也不习惯像个孩子一样在她身边撒娇，但是总算还来得及，最后几年我还是从她口中听见了一些关于她们的事，让我有机会拼凑那些我来不及参与的过去。当妈妈越来越老、她的话也越来越少，有时候一些莫名的对话会在她嘴里脱口而出，带着浓烈的情绪，仿佛那段苦日子又在她脑海中重现。我没有像妈妈照顾外婆那样尽力，她老去的时光大半是弟弟和弟媳陪伴，以及外佣的照料，而我的重心还是自私地放在自己的家庭，偶尔才抽空回家陪伴她。妈妈离开之前已经住在医院的安宁病房，几个孩子轮流照料，直到那天上午，在公司开会的我接到二姐从医院打来的电话，说妈妈不行了，我匆忙赶去医院，直奔妈妈住的那间病房。推开门，只见空荡荡的房间什么都没有。医护人员小心翼翼地说妈妈已经被移往告别病房，强烈的失落感立刻充斥在整个空间，她的老去已经足够缓慢，让我以为已经为她的离开做足了准备，然而面对爱别离，没有谁能知道如何应付，在我五十岁那年，妈妈走了。依照妈妈的信仰，基督教的仪式简单而隆重，一群亲友回到父母曾宣誓一辈子相守的教堂送她走，而我作为家属代表上台致辞，好像说了些感恩的话，却记得把写给她的歌再次唱给她听，然后妈妈跟着父亲的脚步结束了这一生的旅程，剩下我们继续传唱着生命之歌。

在开始养育自己的子女之前，我是不懂得感恩妈妈对子女的付出的，可能因为她是如此传统的女性，认定自己生为长女、妻子和母亲就应该全然付出不求回报，所以妈妈只是做给我们看，却忘了告诫我们要和她一样。又或许是我独占的心过于强烈，不甘愿将妈妈的爱分给姐姐、弟弟甚至还有外婆，所以我不停地抱怨她爱得不公平，然后赌气离家，用惩罚自己来报复这一切。这些情结在妈妈离开后都结束了，如果不是她给了我人身、给了我善良的心肠和敏感的心思，我不可能拥有这么多精彩的记忆。谢谢妈妈送给我她的故事，让我有机会重新温习她的生命，从她给我的线索中完成生命的拼图，并且将她的关爱传递给我的孩子，她用自己这一生不够完美的故事拼命地给她的妈妈、她的先生和她的孩子建构了尽可能圆满的家，这种很努力的特质我确定得到了遗传，并且毫无疑问会发扬光大，因为我还是想成为妈妈眼中的好孩子，我会试着做到最好，谢谢你，I love you forever more。

醒　觉

能在约定的截稿日期前后完成这本书的撰写，我特别感谢编辑老师，没有她实事求是的要求和指正，我是不可能准时完工的。创作人有一股倔脾气，总认为自己写的是好东西，尤其像我这种自恋狂，原本是不允许别人批评我的作品的，能够心悦诚服地接受编辑老师的建议，耐着性子一字一行地写，生命改变的愿力就来自“醒觉”这两个字，所以最后我还是动用了作者小小的坚持，将受到老师影响的新歌放在书里，祈求一个圆满的加持。

我很好奇人们真的清楚昏睡和清醒的差别吗？似乎睡着的我们是不能自主的，不论是美梦还是噩梦，做梦的人多半都不能控制梦境的进行及自己在梦中的行径。若是这么说，清醒的定义应该和昏睡的不能自主恰恰相对，就是人在清醒的时候的一切行为能完全自主，然而这么解释清醒也存在偏误。人的身体存在太多不自主的机制，包括心跳血压等，我们对这些神经系统缺乏主动控制的能力，也可以说所谓的清醒指的只是一种意识上的自主，这样可以试着避免身体自动化反应的部分。当然身心是不能分离的，哪一天你的心跳坚持要“昏睡”，我估计你的意识也无法独自“清醒”多长的时间，只是为了方便论述，我们姑且接受清醒指的是不包含肉体的精神层面。既然清醒的主体是行为自主的表现，那么应该能找出一个通用的原则来界定哪些是清醒的人自主的行为，哪一些不是。就让我斗胆借用佛学的概念，也就是有情众生都具备“离苦得乐”的基本驱力，或是说得通俗一些，人都有趋吉避凶的能力。譬如在梦境中，我们可能会走上万仞高墙，还可能从高处跌落，跌得鼻青脸肿，而且今天做了这么危险的梦，日后还会重演，但是清醒的时候就算我们偶尔因为缺乏经验而让自己堕入险境，只要能够从这样的困境脱出，除非我们记忆丧失，否则绝无可能再犯同样的错误，因为所有人都想要快乐、没有人会自寻烦恼。这应该说明清醒与昏睡、自主与不自主的差别，在清醒的状况下，我们都应该能主动地做出离苦得乐的反应。

我没有立场拿别人经历说事，因为我没有读心术，不知道别人做出令人痛苦万分的事情究竟是无意造就的还是故意使然，不过我在过往一段很长的时间内觉得生命全然是痛苦的，几乎我所做的每一个决定都领我走入更深的苦难之中。我知道我足够聪明，想做的事情几乎都能做到，而我既不是梦游也没有做白日梦，除了借酒浇愁的夜晚，我应该处于清醒的状态，那么为什么我不能做出离苦得乐的反应，反而用一个个错误的决定把自己推向绝境？我一直没有意识到自己的痛苦都是自己造成的，我原来以为苦乐和运气有关，那些福星高照的人更容易遇上快乐的事，而像我这种薄祚寒门的自然得过苦日子。如果我真这么认命，应该也不会积累这几十年的苦受，我恰好是不服气的，想要争一些人有我无的，所以一方面哀怨着自己的命坏、一方面进行奸巧的争夺，看似每一次尝试的伎俩都精心规划，但每一次的结果都带来更大的痛苦。我一直处在以为自己是全世界最悲苦的情绪之中，浑然不知推着自己往苦里行的全然不是外界或他人。直到我开始学习用正确的方法观照曾经，才赫然发现造成自己痛苦不堪的正是自己。或许正在阅读的你从我的文字中觉察到一些端倪，在编辑老师的督促之下，我再一次翻开尘封的记忆，用文字梳理过去的情绪，一篇篇重温自己的作品，跨越二十个年头，我惊讶地发现自己应对情绪事件的模式竟然惊人地一致，好像我不能从上一次错误的决定中汲取教训，偏在相似的场景重现时又再一次犯同样的过错，真的就像反复上映的噩梦连续剧。我必须承认在这场几十年比噩梦还悲惨的生活中，我不能自主也不懂怎么做才能离苦得乐。

在这一过程中我不是没有选择，而在每个关键时刻我也做出尽可能周全的考虑，若非如此，我应该早就从那扇开在二十层楼高的窗台上坠落了，从这个观点来看，我又并非完全的不自主，生活似乎更像是在昏睡与清醒中辗转，究竟什么时候我算是清醒自主的而什么时候我处于昏睡被动中？我想现在正在论述的我能给出相对清醒的答复：那让我进入随波逐流的昏沉的，就是情绪。这一生我几乎没有错过任何一次在感情事件面前犯错的机会，然后为了表示懊悔我写了一首又一首的情歌，我不清楚是情伤的痛更痛还是情歌的美更美，我只知道情感就像是强力的迷幻药，能让我在失去理智下做出错误的决定。这真是极度不合理的，恐怕这背后存在某种邪见推动我这么做，我一定不是以苦行为乐，而是这样的行为让我以为能换来更大的幸福，只是这种内隐的动力是什么呢？我试着给出在我身上归纳出的答案，就是一种被爱的需要，我认为我是值得被爱、也应该得到所有人的爱，或者是因或者是果，我从妈妈那里遗传了尽力做到最好的特质，把这种手段用在对别人的讨好上，希望换来的就是被爱，因为得到爱和认同是我核心价值中无上的快乐。这种推力让我在换跑道的时候显得特别优异，我愿意投注大量的精力研究新的任务，并且很快展现自己对新身份的掌控，所以这么看并不算坏。只是经过时间考验，一旦我的能力不及，我也会立刻担心自己已经获得的爱会被看穿的谎言替代，不只得到的将荡然无存，甚至连小小的自尊都将不复存在，于是我抛弃一切转身逃跑。

用比较通俗的描述，我是一个不够坚定的情感动物，这一生都在追求别人在我的微博、微信上的点赞、认同，却禁不起谁取消曾经给过我按的赞，任何一次被我发现旁人情感的背叛，我就会情绪失控地删光所有文字和图像，就连自己的立足地也一点不留，然后换名重出。直到最后，我才发现，以为清醒的自己和情感相遇的那一刻就进入沉睡，在颠倒梦想中拿命戏耍，竟然不知道这都是轮回的梦游。

我很庆幸能在清醒的时候面对这些，虽然不保证下次遇上情绪事件是否又会开始做梦，至少我试着找到不停犯错的根源，这是一种对自我强烈的执着，那种我想要得到爱的自私力量，让自己成为情绪的奴隶，被烦恼推动不得自在，看似成就了一些名利，换得的苦果却是难以下咽的。所以当我明白醒觉才是改写生命故事最重要的力量时，那种久旱逢甘霖的感受是无比喜乐的。

《醒觉》歌词

我不知道自己是醉了还是醒着
爱情朦朦胧胧像喝了一瓶啤酒
明明知道陪在身边的只是一场梦
却寻着迷魂香气让魂都被勾走

什么时候我变得如此颓废堕落
夜以继日甘愿系上情绪的枷锁

我以为计较争夺能换来快乐富有
吞进喉咙的却只是酸涩的苦果

我孤孤单单无依无靠像个行尸走肉
在无明的长夜中醉醺醺地梦游
那些原本爱我和我爱的人都离开了我
只有几杯酒能帮我短暂浇愁

这样一直昏睡无助直到你走向我
穿越末法世界一生一世的人潮汹涌
捧着萤火的手为我驱走夜的迷惑
领我看清前方你说你愿意陪我走

醒来的我回头发现每一步都是错
没有你的日子没有一刻值得逗留
你把究竟真实的美好全都教给我
令我醒觉走出娑婆世界的尽头

原本孤孤单单无依无靠像个行尸走肉
有了你的守候我能渡过海的另一头
相信你生生世世上天入地都将找到我

让我追随你的美万水千山不再漂流

醒来吧古老的记忆　归来吧久远的传说
你的爱穿越时空　像灿灿星光永恒闪烁

天上人间共唱

在沉睡中，靠自己是很难醒过来的，如果起床是件容易的事，那么闹钟早该绝迹了，所以从睡到醒需要有人提醒。把人喊醒是个技术活，并非只是大声嚷嚷就算完成任务，必须要在适当的时间、用适当的方式，同时还要确定睡着的人真的醒了，否则一切将功亏一篑。这样的事情在小的时候没少发生过，因为住家和学校的距离搭公交得用上一个半钟头，所以还是孩子的我们上车后经常在公交上瞌睡，所幸咱家有姐弟四人，每回总能有谁在下车前先醒过来，再把其余几个叫醒，所以多半不会坐过站。但就有这么一个夏天，几个人上车后都睡死了，直到下车前一刻大姐才惊醒，大喊一声：醒来！下车了！车就到站了，我和姐姐们慌张地下车，庆幸自己没坐过站，等车开远了才发现小弟没下车，还睡在开往总站的公交上！原来那天搭车的人多，我们分别坐在各自的角落里，大姐的发号施令没让小弟听见，加上着急下车，没注意清点人数，所以落下了弟弟。那天傍晚记得全家人都出动，沿着公交开往总站的路上一站站地找，恐怕弟弟不知道会在哪一站下了车，还好弟弟也算机灵，先坐到了总站，再请下一班次从总站发车的司机，带着弟弟送回了我们家的那一个站点。所以醒觉也不是随便喊喊就行，想让一个人醒觉，除了奉献一颗慈悲的心，还得拥有充分的智慧，幸运的是在我生命中总能遇上这样慈悲与智慧兼备的人。

2014年，在二姐的三催四请下，我勉为其难地答应参加福智文教基金会在台湾主办的教师生命成长营，在这之前，我的生命虽然开始转变，但昏沉的时候还多，二姐连着三年介绍我参加生命提升的营队，都因为我的自以为是而碰了钉子：打从学习心理咨询之后，我在上海没少接培训讲师的工作，凡是找我参加营队，便是请我站在台上担任讲师的意思，自然我也认为自己没必要再参加其他可能是心灵鸡汤类型的营队学习。直到第三年，姐姐直接就不和我商量，替我报了名，直接让我几月几号到哪里报到，釜底抽薪这招还是直接有效的。碍于二姐的强势以及看在她这几年都私下接济我的分上，这次我没有回避，只得乖乖地参加。营队课程的精彩我不赘述，重点是在几天的课程中我找到了值得追随的老师，那位创办教师生命成长营的老和尚——上日下常法师。营队开课的前几天我在会场坐立难安，尤其遇到某些老师讲课的口条不咋的，我真无心留在课堂，我不时跑到校外闲晃，盼着时间赶紧过去。就算没有全程专心听课，五天四夜学习中的一些重点还是被我吸收了，其中是一堂分享有机农业的讲座，原本我以为我又会跷课，却很意外地被台上农场主人的话语吸引，他说老和尚做有机农业出发点就是两句话“毋以善小而不为，毋以恶小而为之”。我一向不是用功的学生，尤其语文成绩总是垫底，但是这两句话我从小就会背，四十几年不曾忘记，只是我不明白这十二个字和有机农业有什么关联。有机农场的主人说，农民为了让我们买到好看的蔬菜，下午要采收的，上午还得再喷一次农药，就怕菜给虫咬了，卖不出价钱。我们先别看这样喷农药可能伤害了买菜吃菜的人，实际上第一个伤害的是农民本身，哪一个农民在喷农药之前会全副武装戴上防毒面具？多半是随便绑一条毛巾就开始喷药，加上农地多半紧挨着农民的住家，持续的环境污染让生活环境不断恶化。农民为了确保我们能买到好看的蔬菜，大量喷洒农药的结果首先伤害的是他们自己，而那些虫也不吃的菜虽然好看，吃进身体日积月累地积着毒，也很难带给我们健康。的确，从来我买菜都是挑好看的，就像我希望自己是完美的一样，只是我根本没想过，没有虫咬的菜和被虫儿啃上几口的菜，下锅做成料理、吃进口里，难道味道能有差别吗？如果我能多买一些有机无农药的菜，不但口味没有影响，自己吃得更健康之外，还能让农民少喷农药、照顾农民的健康、减少环境的污染，虽然看起来只是行为上微不足道的改变，却能带动这么多人的离苦得乐，不就是“善小而为”的真谛吗？反观我们一向的举止，食物的浪费、塑胶的滥用、空气的污染，都是追求自己短暂的方便、顺手伤害了环境，这不就是“恶小而为”的写实吗？当明白自己过往自私自利的行为造成的影响，我不禁钦佩老和尚的智慧和勇气，教人们用力所能及的行动，从吃有机蔬菜开始。我这一辈子都希望变得更聪明，却没发现聪明还需要智慧做导师，才能得到究竟的快乐，所以听到老和尚推动有机农业的动机和善巧，让我开始动心，想着怎么样能认识这位智者。

可惜的是我来得晚，几年前老和尚已经圆寂了，听跟随老和尚学习的法师分享智慧，更坚定我想向他学的决心。法师说在老和尚圆寂之前，弟子们很着急地问老和尚要往生何处，老和尚只是淡定地让弟子们不用去找，他会回来找大家；当弟子们进一步追问老和尚，就听见老和尚很坚定地回答：我会去众生最需要我的地方！听见这句话，我仿佛被雷电击中、浑身颤抖不能自已，我经常说自以为聪明的话，却很少听说智慧的语言，这位长者一定德智兼备，明明在自己身体孱弱之际，还能心系众生发慈悲心，这绝不是如我这般凡人能想得到的。当时我就下定决心，今生要跟着老和尚学，于是在营队最后一晚的点灯发愿晚会，我对着孔老夫子的圣像燃灯祈愿：誓愿一生承事老和尚志业！

营队结束，我开始茹素，至今五年；同时请回老和尚讲法的录音档案，趁着每天上下班的路程上串听学习。我开始明白人生本来具备离苦得乐的能力，只是颠倒地将痛苦认识为快乐，用追求短暂自利种下无尽恶因，当然会得到苦果，就像我们在长夜漫漫的沉睡中，不停地做着不能自主的噩梦一般。如今我已经找到令我醒觉的恩师，也明白要用智慧的眼睛看清缘起，我开始逐渐明白生命真正的意义在于放下自我，用多帮别人想的利他心创造众人的共好。快乐不是来自对名利的追求，而是来自源源不绝的回向加持。终于，在自我放逐的流浪之后，我找到了老师，开始从轮回的噩梦中醒觉，认识快乐的本质。

真心希望能与你分享，不论你是否也走上醒觉的道路，我愿将所有的善功德回向给你，愿你速得究竟的喜悦。

后记

和编辑老师约定的书稿总算在承诺的时间交付，那一刻解脱的快乐真如浑身八万四千毛细孔吃了人参果，无一不舒畅，于是情生意动，晚上就约了许久不见的韩贤光老师到五观堂吃素斋，这是韩老师这一趟来上海后我们头一次碰头。这位“优客李林”组合每张专辑的制作人，同时也是称职的舞台总监和低音吉他乐手，除了头发光了、人精瘦了，和二十八年前我初见他时保持着一样的神态，尤其吃东西特别带劲。韩老师一向的热情风趣充斥着将近两个钟头的会见空间，他很主动地替我填补缺位的记忆，那些我以为转身离开就能忘干净的尘蕴。韩老师先从自己生活的改变谈起，五十好几决定到上海工作，听起来是如此精妙的缘起巧合，接着提到台湾流行音乐界这几十年的变化，以及两岸音乐的此涨彼伏，当然包括了顺心和烦心的事，也交叉关联着熟悉与陌生的朋友。那个傍晚对我而言仿佛看穿了每一件事情的发生都是必然的。

餐毕，韩老师提到自己总是以承办朋友的演唱会作为告别式，他也怀疑人注定无力在来得及的时候为自己的错误表示歉意。他说，就像看到流浪十年的我，他也不知道该怎么说出担心。这真是感人的话。那些属于感情的事，对我们这些玩音乐长大的，只有用唱的方式才有勇气，这样就算挂着泪水还可以微笑。

如果不是写书的因缘，我不知道还要多久才能明白：使劲地蒙住眼睛、捂住耳朵，地球还是按照原本的节奏在转。那些曾经写成歌的故事永远在被感动的心里独唱，终结自以为是的孤独恐怕只是敞开心扉让旋律在彼此关心的场域中共鸣。这本书让我通过阅读自己来重新认识自己，复合那些自我割裂的伤口。所以我想是时候了，感谢过去、现在和未来。从认错到醒觉，这何尝不是一种领悟！

离开五观堂之前，和韩老师做了约定：这本书里的歌我会和他选几首，在夏天来的时候，到他管音乐的小酒馆里去唱。你如果有空，何妨带着书一起来？

檢